Les B.

Lesbinas

Ein Episodenroman

Impressum

Bibliografische Information der Deutschen Nationalbibliothek:
Die Deutsche Nationalbibliothek verzeichnet diese
Publikation in der Deutschen Nationalbibliografie; de-
taillierte bibliografische Daten sind im Internet über
http://dnb.dnb.de abrufbar.

© 2019 Brigitte van Hattem, Saarstr. 215 a, 76870 Kandel

Coverdesign: Dipl.-Grafik-Designerin Heike Falkenstein, Falkenstein Design Karlsruhe
Zeichnungen: K. Waldgott

Lektorat: K. Waldgott/vHVerlag Kandel
Korrektorat: K. Waldgott/vHVerlag Kandel

Herstellung und Verlag: BoD – Books on Demand,
Norderstedt

ISBN: 9783756211586

Mädels, Ihr könnt aufatmen: Die Handlungen und Personen in diesem Buch sind frei erfunden. Ähnlichkeiten mit lebenden oder toten Personen sind rein zufällig. Sogar die Autorin gibt es nur in ihrer Fantasie.

Inhaltsverzeichnis

PROLOG

Puddingschnecken sind schon etwas Leckeres. Ich meine natürlich die vom Bäcker, aber die anderen schon auch. 😊

Im Moment liegen zwei Puddingschnecken vor mir, 1a Bäckerware, und sie lachen mich an. Aber ich bin noch immer nicht bei Appetit. Ich habe ein schlechtes Gewissen, denn ich war zwar heftig verliebt, aber gleichzeitig fragte ich mich, ob und wie ich aus diesem Schlamassel wohl wieder herauskommen würde. Nun bin ich draußen und wünschte, ich wäre wieder drin …

Mein Liebesleben ist schon seit Jahren in einer einzigen Flaute und jetzt muss wieder einmal meine Freundin Alex ran und mich trösten. Sie tut es, indem sie Puddingschnecken bringt und mich nach meinem Kummer fragt.

„Ach, das ist eine lange Geschichte", seufze ich und sehe mir eine Puddingschnecke genauer an.

„Dann erzähl sie doch!", antwortet sie lapidar. „Ich frage mich sowieso schon die ganze Zeit, warum du nichts über Lesben schreibst."

Die Sekunde, in der mich eine Puddingschnecke eben noch appetitlich angelacht hatte, vergeht in diesem Moment. „Wieso sollte ich etwas schreiben? Und dann auch noch über Lesben?"

„Du bist Künstlerin. Dir traue ich alles zu. Sogar Schreiben." Sie grinst.

Ich schüttle den Kopf. Jahrzehntelang habe ich mir als Illustratorin meine Brötchen verdient, aber jetzt betreibe ich einen kleinen Kunstladen auf der Kölner Schäl Sick. Ich zeichne Frauenmotive, die ich auf Holzstücken, Tassen oder Tellern verewige, und unten rechts mit einem kleinen „Les B." signiere. Touristen kaufen so etwas ganz gerne, allerdings kommen die wenigsten bis Vingst. In der Hauptsache lebe ich von einem Wochenkalender für Frauen, der mit feengleichen Frauengestalten bebildert und mit aufmunternden Sprüchen versehen ist. „Einfach loslassen" empfehle ich da beispielsweise in Kalenderwoche dreizehn, oder „Verzeih deiner Waage" in der Woche nach Weihnachten.

Seit diese Kalender über das Internet im ganzen deutschsprachigen Raum verkauft werden, pflege ich gelegentlich andere Großstädte zu besuchen, um das dortige Lebensgefühl einzufangen. Ich war in den vergangenen Jahren in Lübeck, Rostock, Marburg, Regensburg, München, Stuttgart, Freiburg, Saarbrücken, Frankfurt, Berlin und Hamburg. Jetzt tragen meine Feenfrauen statt fließender Kleidchen auch einmal maritim anmutende Oberteile in blau-weiß, ein Dirndl oder Frankfurter Business-Schick.

Derzeit erwäge ich, eine meiner Tänzerinnen mit einem Schwarzwälder Bollenhut auszustatten, aber ich weiß noch nicht so recht … zumal die Idee von der Frau stammt, der ich gerade meinen Liebeskummer verdanke.

„Schreiben?", frage ich also zurück, denn soweit ich mich erinnern kann, habe ich außer „Mach mal was ganz anderes" oder „Stürz dich mutig ins Abenteuer" noch nie etwas geschrieben.

„Vielleicht wird es Zeit, dass du dich mal an deine eigenen schlauen Sprüche erinnerst und dich selbst daranhältst?", fragt Alex schelmisch.

„Aber lesbische Liebesgeschichten? Wen interessiert denn sowas?", antworte ich und sie lacht.

„Mich", sagt sie und sieht mich aufmunternd an. „Vielleicht kannst du die ja in deinem Laden gleich mitverkaufen."

Die Idee klingt gut, aber soll ich wirklich über die vierschrötige Oberärztin und deren Blind Date schreiben? Oder über die Datingfallen, in die frau bei einem Kontakt über ein Lesbenportal stolpern kann? Über das früheste Outing ever und die lebenslange Suche nach der Taube auf dem Dach?

Langsam beginne ich, mich für die Idee zu erwärmen. In meinem Laden habe ich oft Leerlauf … „Nun gut", sage ich zu Alex. „Ich kann es ja mal versuchen."

„Mach einen Roman draus", befiehlt sie.

„Kann ich nicht. Ich kann höchstens Kurzge-schichten!"

„Dann streng' dich an."

In dieser Nacht träume ich, dass sie alle an mei-nem Bett stehen und entweder amüsiert grinsen oder entrüstet den Kopf schütteln: Gleich vorne-weg die Oberärztin, die mir mit wogendem Busen die Faust unter die Nase hält, eine Frau K., die meint, das wäre wohl nicht mein Ernst, das wäre Bashing, Mareike, Daniela, Sonja und Angela, die mir vorwerfen, ich wäre indiskret und geschwät-zig sowie Alex, die sich zurücklehnt und kichert, während ihr Kopf sich vor meinen Augen in ein Smiley-Emoji verwandelt, das mit spitzem Mund meiner Les-B.-Signatur einen Kuss zuwirft.

Oh je, denke ich noch im Traum. Das wird was!

DAS LETZTE MAL

„Uff, mein Zug steht ja schon da!" Barbara schnaubte erleichtert. Mit ihren Händen an den gelben Rucksackträgern wäre sie jetzt am liebsten schnurstracks auf den ICE zugelaufen und hätte sich hineingeschwungen. Nichts wie weg hier!

Doch dann ließ ihre gute Kinderstube sie innehalten. Das ist nicht fair, dachte sie, und drehte sich zu der deutlich kleineren Frau um, die sie bis auf diesen Bahnsteig begleitet hatte. Wie zart sie ist, durchfuhr es Barbara, wie zierlich, ja, fast schon ... zerbrechlich. In einem plötzlichen Anfall von Zuneigung, gepaart mit einem für sie typischen Beschützerinstinkt, legte sie ihren rechten Arm um die Frau, die sich weich und schmiegsam an sich ziehen ließ. Barbara beugte ihren Kopf nach unten und küsste Mareike. Was eigentlich nur ein Abschiedskuss auf den Mund sein sollte, wurde fast von allein ein Zungenkuss, der zaghaft begann und leidenschaftlich erwidert wurde. Barbara fühlte die Hitze, die sich fast reflexartig in ihrem Unterleib ausbreitete. Sie wollte das nicht, wollte lieber einfach einsteigen und wegfahren, aber es war wie eine Sucht. Wie schon so oft an diesem Wochenende drückte sie ihre schmale Begleiterin an sich und versank mit diesem Kuss in ihr.

Es war Mareike, die sich Minuten später aus der intensiven Umklammerung löste und Barbara ganz zart und in einer fast nur angedeuteten Geste von sich schob. Barbara schüttelte sich kurz wie ein Hund, der unversehens nass geworden war und riss sich ruckartig ganz los. Nichts wie weg, dachte sie erneut und hatte gleichzeitig ein schlechtes Gewissen, weil sie so schnell wegwollte. Mareike half ihr: „Mach, dass du da reinkommst!", sagte sie mit einem Lächeln und deutete mit ihrem Kinn in Richtung Zug.

Barbara nickte wortlos und ging auf die nächste ICE-Tür zu. Sie zog sich mit Schwung in den Waggon und drehte sich dann noch einmal nach Mareike um. „Pass auf dich auf, Kleine", wollte sie sagen und hatte ihren rechten Arm schon angehoben, um Mareike zuzuwinken, doch sie konnte sie nirgends mehr entdecken. Scheiße, dachte sie, so eine Scheiße. Sie hätte sich umdrehen und mir zuwinken sollen! So wie damals! Scheiße. Ich habe mich mal wieder vollkommen danebenbenommen, das ganze Wochenende lang. Und jetzt ist sie weg.

Mareike war unterdessen die Bahnsteigstufen hinabgehuscht. Unten angekommen, sah sie auf eine der vielen Bahnhofsuhren und rechnete, wobei sich ihre Lippen unwillkürlich mitbewegten. Es war genau 17.37 Uhr, ihre Frau kam irgendwann zwischen 18.00 und 19.00 Uhr nach Hause - das könnte knapp werden, dachte Mareike und straffte sich. Als sie in Richtung Parkplatz zu ihrem Auto lief, war nichts Weiches mehr an ihr, im

Gegenteil. Ihr schneller Schritt gab ihr etwas Gehetztes, das Genick eingezogen, die Augen starr auf den Ausgang des Bahnhofs gerichtet. Was habe ich nur getan, fragte sie sich. Wie soll das gutgehen? Die frische Feuchtigkeit zwischen ihren Beinen ignorierte sie.

Erst auf ihrem Nachhauseweg kamen die Erinnerungen wieder. Sie waren plastisch und deutlich, nicht wie die verhuschten Erinnerungsfetzen nach einem nächtlichen Traum, sondern sie kamen in kräftigen Bildern mit satten Farben und intensiven Gerüchen, feuchter Haptik und tiefen Gefühlen. Mareike sah Schenkel, die nicht ihre waren, und Hände, die nach ihr griffen, geöffnete Lippen über ihr und ein pralles Gesäß unter ihren Händen. Sie hörte ein wohliges Seufzen, das aus einem Körper strömte, vielleicht sogar aus ihrem. Das war das letzte Mal, dachte sie. Das waren die letzten Male, korrigierte sie sich traurig. Das Gefühl eines unendlichen Verlustes ließ sie wieder klein und zerbrechlich werden.

Als sie zuhause eintraf, straffte sie sich erneut, zumal sie sah, dass Katrins Wagen bereits in der Einfahrt stand, viel früher als erwartet. An der Haustür sah sie ihre große, hagere Frau mit einem großen Rollkoffer kämpfen. Mit kräftigen Schritten ging Mareike auf Katrin zu und griff nach deren Koffer.

„Lass, das geht schon", sagte Katrin statt einer Begrüßung und zerrte ihr Gepäck über die Türschwelle.

„Ich will ja nur helfen", sagte Mareike. „Wieso bist du denn so früh?"

Statt einer Antwort zog Katrin den Rollkoffer ins Innere ihres kleinen Häuschens. „Wo kommst du überhaupt her?", stellte sie die Gegenfrage.

„Ich war im Murgpark spazieren", log Mareike und war froh, dass sie hinter Katrin stand und ihr nicht ins Gesicht lügen musste. „Wie war es diesmal?", fragte sie, um das Thema zu wechseln.

„Wie soll es schon gewesen sein?", fragte Katrin zurück und klang dabei unendlich müde. „Nervig, wie immer. Demut liegt der alten Lady nicht."

Mareike lachte kurz auf. Sie kannte Katrins Mutter. „Da werde ich es mit dir einmal auch nicht einfach haben", sagte sie, während sie zusah, wie Katrin schon im Flur begann, den Koffer auszuräumen. Ich habe es ja jetzt schon nicht einfach mit dir, fügte sie in Gedanken hinzu.

Sie hat es ja jetzt schon nicht einfach mit mir, dachte Katrin zeitgleich, und verstaute ein Paar Schuhe im Schuhschrank.

„Wie lang bist du gefahren?", fragte Mareike.

„Es ging einigermaßen. Sechs Stunden", antwortete Katrin, während sie eine Jacke an die Flurgarderobe hängte.

„Warum fährst du auch nie mit dem Zug?!", kommentierte Mareike. „Du bist sicher völlig erledigt. Magst du dich einen Moment hinlegen? Ich übernehme die Wäsche."

„Danke, das ist lieb", sagte Katrin, während sie den Koffer wieder schloss und Mareike in die Hand drückte. Dabei fielen ihr die frisch manikürten, betont kurzen Fingernägel ihrer Frau auf. Irritiert stellte sie fest, dass ihr der Anblick weh tat, aber sie wusste nicht, warum. „Wie war dein Wochenende?", fragte Katrin schließlich und schaltete dabei auf einen fröhlichen Plauderton um.

Mareike zuckte mit den Schultern. „Es ging so", antwortete sie und vermied es erneut, ihre Frau anzusehen.

Sie müsste sich ein Hobby suchen, dachte Katrin, oder neue Freunde, sie langweilt sich immer ohne mich. Mit diesen Gedanken zog sie sich in ihr Schlafzimmer zurück, während Mareike den Koffer ins Bad schob, auspackte und die Wäsche auf einen Stapel legte. Dann schlich sie sich noch einmal leise nach draußen, um heimlich ihre riesige Hobo-Tasche aus dem Wagen zu holen, die sie dann in Windeseile ebenfalls auspackte. Ihre zarten Dessous passten so gar nicht zu der Baumwollwäsche, die Katrin mitgebracht hatte.

Mareike verstaute ihre eigene Wäsche in der gemeinsamen Wäschetruhe, konnte aber nicht verhindern, dass dabei die bunten Erinnerungsbilder wieder auf sie einstürmten. Sie roch den zarten Duft, der ihrer Wäsche entströmte und sah den Schweiß ihrer klatschnassen Haare auf ein Rückentattoo tropfen. Nicht jetzt, schalt sie sich. Nie, nie wieder. Ich bin einfach zu alt für sowas. Beinahe hätte sie angefangen zu weinen, während sie Katrins Schlafanzug und ihre Baumwollslips in die Waschmaschine stopfte.

In diesem Moment piepte ihr Handy, das sie im Flur an die Ladestation gehängt hatte. Mareike stellte die Waschmaschine ein und ging zu ihrem Smartphone. „Zurück in Köln", hatte Barbara geschrieben und das Abbild eines Zuges zierte die WhatsApp-Nachricht. „Bei dir alles okay? Sorry, dass ich mich so danebenbenommen habe. Können wir wenigstens telefonieren?"

„Heute nicht", schrieb Mareike zurück und dachte, und morgen auch nicht. Ich sollte das auch schreiben, dachte sie, ich sollte schreiben: morgen nicht und übermorgen nicht und nie wieder. Aber da keimte plötzlich so etwas wie Freude und Hoffnung in ihr auf und ihr Herz hüpfte ungefragt. Rasch schickte sie Barbara ein fröhliches Emoticon hinterher und legte das Handy zurück. Sie würde das in Ruhe … ja was eigentlich? Überdenken? Kommunizieren? Neu entscheiden?

Zurück im Bad sah sie nach der Wäsche und räumte auf. Ihr Herz wurde wieder schwer. Es war doch nur Sex, sagte sie sich, aber nun weinte sie wirklich. Ich möchte lieben dürfen, jammerte ein kleines Kind in ihr, ich möchte doch einfach nur lieben dürfen, haltlos und rückhaltlos und immer und immer wieder! Ich will niemanden abweisen, von niemandem abgewiesen werden, nicht taktieren, nicht kritisieren, ich will nur …

Es war so viel, was sie wollte. Nichts davon funktionierte. Und man konnte ja nicht einfach ein neues Leben probeleben und in das alte zurückkommen, wenn es nicht funktionierte. Alles Handeln hatte Konsequenzen und je älter sie wurde, desto schwerer wogen sie. Früher hieß es: „Das Leben geht weiter", aber das Leben geht nicht immer weiter. Es ist endlich. Und niemand weiß, wann genau es zu Ende sein wird und ob noch Zeit und Kraft genug da ist, um alles kaputt zu machen und sich danach wieder neu aufzustellen.

„Mareike?" Katrin klopfte an der Badezimmertür.

„Komme gleich", rief Mareike zurück, schnäuzte sich und trocknete ihr Gesicht. Unfassbar, dachte sie, dass es Menschen geben soll, die jahrelang ein Doppelleben führen, ohne aufzufliegen! Dann öffnete sie ihrer Frau die Tür und fragte: „Hast du ein wenig geschlafen?", während sie sich Katrin zum ersten Mal seit ihrer Rückkehr genauer ansah. In den viel zu weiten Hosen wirkte sie sehnig und ausgemergelt, das Gesicht leicht verhärmt. Wortlos nahm Mareike sie in die Arme und drückte sie an sich. Katrin ließ es erst willig geschehen. Dann sagte sie: „Ja, danke", während sie sich aus Mareikes Armen wand und ein paar Schritte in Richtung Wohnzimmer ging. Schon drehte sie sich wieder zu ihr hin und fragte: „Was machen wir heute Abend? Kommt ein Blockbuster?"

„Ich weiß es nicht", antwortete Mareike wahrheitsgemäß. „Wollen wir nicht ein wenig zusammensitzen und reden? Wie geht es denn deiner Mutter?"

„Wie immer", antwortete Katrin spröde. „Sie will und will einfach nicht sterben."

Die Worte klangen traurig, sarkastisch und hartherzig zugleich, waren aber Katrins bleierner Müdigkeit geschuldet. Sie und ihre Schwester wechselten sich mit Dauerbesuchen ihrer sechsundachtzigjährigen Mutter ab, die einen Schlaganfall erlitten hatte, aber sich weigerte, in ein Heim zu gehen. Was gut gemeint begonnen hatte, zog sich nun schon über ein Dreivierteljahr hin und kostete alle mehr Kraft als sie hatten. Katrin hatte dabei den schwärzesten Peter erwischt: Ihre Mutter lebte noch im Osten, ihrer alten Heimat. Jedes zweite Wochenende fuhr Katrin hin und blieb ein paar Tage.

Mareike lächelte. Auch sie war müde. Seufzend lief sie in das gemeinsame Wohnzimmer, um nach der Programmzeitschrift zu suchen. Sie fand sie, blätterte darin und legte die Seite mit den Abendspielfilmen offen auf den Tisch.

„Hier hast du deine Blockbuster", sagte sie zu Katrin, die ihr gefolgt war.

„Ich fürchte, ich bin heute keine Stimmungskanone", sagte Katrin leise, während sie an den Tisch herantrat und auf die Programmzeitschrift sah. Dann deutete sie auf Renée Zellweger im Ringelshirt, die Ankündigung von „Bridget Jones' Baby".

„Das habe ich schon gemerkt", bestätigte Mareike lächelnd und schaute auf die Filmbeschreibung. Kein Film, für den sie jemals extra ins Kino gegangen wären, aber ein paar Lacher würden ihnen guttun, dachte Mareike und nickte.

SEKT MIT ALEX

„Ich hätte eher gedacht, dass sie sich sowas wie ‚Grüne Tomaten' ansehen", sagt Alex, während sie sich lasziv auf ihrem Sofa räkelt.

„Kann natürlich auch sein", antworte ich. „Aber ist das wichtig? Bridget Jones ist immerhin witzig. Das dürfen Lesben schon auch gucken."

„Auch Mareike und Katrin?" Alex lacht.

„Du und deine Vorurteile", schmunzle ich amüsiert.

„Wieso Vorurteile?", empört sie sich. „Ich habe die beiden doch auch einmal kennengelernt! Auf einem Dyke March vor zwei, drei Jahren", behauptet Alex.

Das erstaunt mich. Mareike und Katrin wohnen im Gegensatz zu uns in einer kleinen badischen Stadt, deren Name mir oft nicht einfällt. Sollten sie wirklich einmal nach Köln zu einem Dyke March gekommen sein? „Ach, und wo war ich denn da?", frage ich verwundert.

„Keine Ahnung", Alex zuckt mit den Schultern. „Wir haben uns doch damals noch gar nicht gekannt. Auf jeden Fall habe ich auf der anschließenden Party noch wild mit Katrin getanzt."

„Oh, und wie findest du sie so?", frage ich, denn ich hatte noch nicht das Vergnügen, Katrin kennenzulernen.

„Groß, dunkel, schlank, nett", antwortet Alex. „Auf eine herbe Art gutaussehend. Natürlich nicht so eine Lichtgestalt wie Mareike", sinniert Alex nachdenklich in Erinnerungen schwelgend. Dann sieht sie kritisch in ihr Glas Sekt, findet noch einen Schluck darin und kippt ihn ab. „Was machen die nochmal beruflich? Ich erinnere mich, dass Katrin Ingenieurin ist und aus dem Osten stammt, aber was macht Mareike nochmal?"

„Mareike war ursprünglich Buchhalterin, hat aber mit Fünfzig noch ihren Heilpraktiker gemacht und arbeitet seither selbständig in eigener Praxis. Hättest du mit einer von beiden gerne mal was gehabt?", frage ich ins Blaue, denn ich hatte die Bewunderung gehört, mit der Alex ‚Lichtgestalt' über sie gesagt hatte und unterstelle ihr ein gewisses Interesse an Mareike.

„Wer weiß", antwortet sie kryptisch und lächelt vielsagend. Dann beschließt sie, das Thema zu wechseln: „Was machen deine Lesbinas?"

„Oh, da gibt es wieder einiges zu erzählen", antworte ich erfreut über den Themenwechsel und nehme erst einmal einen kräftigen Schluck Sekt.

„Erzähl!", fordert sie.

Man könnte Alex für neugierig halten, und ja, das ist sie. Aber sie darf das. Schließlich ist sie die einzige Frau, die ich kenne, die zugibt, dass sie sich für jedes Detail interessiert, das mir beim Daten passiert.

Ich habe Alex selbst über Lesbinas.de kennengelernt. Das war ein nettes Erlebnis. Wir schrieben kurz hin und her, stellten fest, dass wir nur wenige Kilometer voneinander entfernt wohnen und vereinbarten schnell ein Treffen. Ich wusste nicht, wie Alex aussieht, denn das Foto, das sie von sich hochgeladen hatte, war ein künstlerisch in schwarz-weiß gestaltetes Suchbild und zeigte ganz hinten, in der Landschaft versteckt, eine vom Betrachter abgewandte Frau.

Mehr Hinweise über ihr Aussehen fand ich unter der Rubrik Haarfarbe. Rot stand dort. Das nahm ich als gutes Zeichen, denn rote Haare bei Frauen zwischen fünfzig und sechzig erinnern mich an meine Teenagerzeit. Wir rochen damals nach Gras und Patchouli und waren alle ein wenig Henna.

Unser Treffen sollte am nächsten Sonntag um 15 Uhr stattfinden und weil sie auf der Rückreise von einer längeren Tour kam, bot sich ein bestimmtes Café an einer Autobahnausfahrt an. Ich hatte die Torten dort in guter Erinnerung und Parkplätze gab es auch genug.

Aber just an dem Sonntag, an dem wir uns treffen wollten, veranstaltete dieses Café eine Art Tag der offenen Tür mit Supersonderrabattaktionen und das ganze Parkplatzareal war völlig überfüllt. Als ich endlich eine Lücke für meinen orangeroten

Kleinwagen fand, war es bereits kurz vor drei und ich kämpfte mich gegen die ein- und ausströmenden Menschenmassen. Wie um Himmels Willen und vor allem wo sollte ich hier mein Blind Date finden? Ich ging in Richtung Parkplatzausgang, um mich neu zu orientieren und wie ich so lief, kamen mir zehntausend Familien mit ihren Kinderwagen und Hunden entgehen, aber auch eine rundliche, entspannt lächelnde Blondine, die aussah, als könne sie aus der Nähe beschnuppert nach Gras und Patchouli riechen.

„Hallo", sagte sie so gelassen, als würden wir uns nicht aufregenderweise gerade kennenlernen, sondern als hätten wir uns erst vor zwei Stunden voneinander verabschiedet.

„Hallo Alex", antwortete ich und bemühte mich um die gleiche Coolness. „Wo sind die roten Haare?"

Alex runzelte die Stirn, aber dann fiel es ihr wieder ein. „Ach die!", antwortete sie und lachte. „Ich glaube, ich sollte mal wieder meinen Lesbinas-Account überarbeiten!"

Wir lachten überhaupt viel an diesem Nachmittag, drängelten uns durch die unerwarteten Menschenmassen, versicherten uns, dass wir das hassten wie die Pest, ließen uns je ein Riesenstück Schokotorte bringen und wurden Freundinnen. Nicht mehr, aber auch nicht weniger.

Mittlerweile trägt Alex ihre Haare wieder tizianrot und trifft sich kaum noch mit den Frauen, mit denen sie über Lesbinas.de korrespondiert. Ihr Privatleben ist derzeit äußert befriedigend und sie hat es daher schlichtweg nicht nötig. Außerdem hat sie einen Sohn, den sie lieben kann. Dazu braucht sie uns Frauen nicht.

Aber, ich mache mir da gar nichts vor, auch wenn ich selbst nie aus diesem Kelch getrunken habe: Alex hat es faustdick hinter den Ohren. Falls eine Lesbina ihre Neugierde wecken kann, dann dated Alex auch wieder. Und ich vermute, dass sie schon beim ersten Date ein paar kleinere Toys im Gepäck hat und sofort zur Sache kommt.

Im Moment ist sie allerdings Yvette treu, ihrer neuesten Flamme. Sie hat sie – wo sonst? – ebenfalls auf Lesbinas.de kennengelernt, als sie ihren Einzugsradius um den Süden Deutschlands erweiterte und bis ins Elsass vorstieß.

Ich hingegen date noch. Ich habe auch schon großartige Frauen bei Lesbinas.de getroffen, aber meine Suche scheint nie zu enden. Zudem hat mir der liebe Gott auf dem Weg zum erfolgreichen Date besonders in letzter Zeit ein paar haarsträubende Steine in den Weg gelegt.

„Hast du dich mit der aus Bergisch Gladbach getroffen?", fragt Alex.

„Die Gleichaltrige mit dem Hund?"

„Ja, wieso? Gab es noch eine?"

„Naja, schon, allerdings eine aus Leverkusen, und die war jünger. Viel jünger. Aber die mit dem Hund, nein, mit ihr habe ich mich nicht getroffen. Ich habe sie angeschrieben, aber die Antwort war dann so … so …" Mir fällt das richtige Wort nicht ein.

„Sprich!", befiehlt Alex.

„Ich schrieb so etwas wie: ‚Hallo, wir wohnen so nah beieinander, dass wir uns eigentlich kennen müssten' – ich konnte ja schlecht schreiben, dass in diesem Aquarium immer dieselben Fische schwimmen und ich das Gefühl habe, mittlerweile alle zu kennen. ‚Aber ich glaube, wir kennen uns nicht. Magst du mal mit mir und deinem Hund Gassi gehen? Vielleicht am Rheinufer?'"

„Klingt nett", meint Alex.

„Ja, nicht wahr. Ich habe mich voll ins Zeugs gelegt, dabei sah die Frau auf den Fotos irgendwie doof aus. Aber ich dachte, das wäre vielleicht nur äußerlich. Aber offensichtlich habe ich einen falschen Code erwischt."

„Einen Code? Was für einen Code denn?", fragt Alex verwirrt und trinkt einen Schluck.

„Keine Ahnung. Den: ‚Ich will dich am Rheinufer vernaschen, wenn alle dabei zusehen'-Code vermute ich."

Alex lacht schallend. „Wenn es so einen Code gäbe, dann wüsste ich das!", versichert sie mir.

„Naja, auf jeden Fall hat die Frau mir geantwortet: ‚Ja, warum eigentlich nicht? Wir sind ja beide erwachsene Frauen und haben auch beide nichts zu verlieren.'"

Alex verschluckt sich fast an ihrem Sekt, prustet und fängt dann an, schallend zu lachen. Sie bekommt sich fast nicht mehr ein und ich überlege, ob in ihrem Glas Sekt wohl noch etwas anderes war als in meinem. „Also, du hast sie gefragt, ob du sie zum Gassi begleiten kannst und sie hat geantwortet, warum nicht, ihr hättet ja nichts zu verlieren?", fasst Alex die Geschichte schließlich zusammen.

„Ja, und der Rest der Mail war voller Rechtschreibfehler", antworte ich.

„Geht gar nicht." Alex schüttelt den Kopf. „Manchen Mädels merkst du die Scheidentrockenheit schon beim Schriftwechsel an. Und was war mit der anderen, der Jüngeren aus Leverkusen?"

„Mit der habe ich mich getroffen!"

„Ach, das sagst du jetzt erst?"

„Naja, war nicht der Rede wert."

„Darf das bitte schön ich entscheiden?", fragt Alex, lehnt sich wieder zurück in ihr Sofa und schiebt die Kissen um und unter sich, bis sie eine

Position findet, die ihr komfortabel genug erscheint, meiner Geschichte zu lauschen. Schließlich sieht sie mich erwartungsvoll an und nickt mir aufmunternd zu.

„Eigentlich war sie mir von ihren Mails her schon … naja, sie waren ziemlich langweilig."

„Kenn ich." Alex nickt wissend.

„Ich habe dann eine freundliche Mail formuliert, in der ich ihr geschrieben habe, dass ich einfach nicht finde, dass es zwischen uns funken könnte und deshalb hier den Kontakt abbrechen wolle. Daraufhin hat sie mir begeistert zurückgeschrieben, wie großartig sie das findet, dass ich mich von ihr verabschiede, während doch alle anderen Lesbinas immer einfach nicht mehr antworten und dann sogar den Kontakt blockieren, aber dass sie doch noch eine Frage an mich hätte."

„Was für eine Frage?"

„Nun, ich hatte ja in meinem Profil bei der Frage, was ich suche, nicht etwa ‚Liebe und Partnerschaft', sondern ‚Leidenschaft und Erotik' angekreuzt. Darauf nahm sie nun Bezug. Ob ich mir auch vorstellen könne, mich nur für ‚das eine' mit einer Frau zu treffen."

„Hat sie das so formuliert?", fragt Alex mit dem Anflug eines Grinsens im Gesicht.

„Ich weiß nicht mehr genau, wie sie es formuliert hat, aber ich war jedenfalls beeindruckt. Sie hat sich auch gleich entschuldigt, wenn das bei mir nicht der Fall sein sollte, aber wenn ich an einer rein körperlichen Affäre interessiert wäre, dann hätte sie ebenfalls Interesse …"

„Wow", sagt Alex und nimmt einen tiefen Schluck aus ihrem Glas. „Da bist du vermutlich gleich darauf angesprungen."

„Du sagst es", antworte ich und nehme ebenfalls einen Schluck. Der Sekt löst meine Zunge. Es tut aber auch gut, das alles endlich einmal jemandem erzählen zu dürfen! „Wir haben uns am Bahnhof getroffen, denn sie wollte mit der Bahn anreisen. Das hat mir gefallen. Die meisten Frauen scheinen zu erwarten, dass ich mich für sie ins Auto schmeiße oder gleich mit dem Privathelikopter zu ihnen fliege."

Alex kichert ein wenig, schließlich habe ich so etwas wie einen Witz gemacht.

„Auf jeden Fall", fahre ich fort, „stand ich zur verabredeten Zeit am Bahnhof."

„Wusstest du, wie sie aussieht?", fragt Alex dazwischen. Da sie selbst nur ein Foto von sich gepostet hat, auf dem sie noch nicht einmal von ihrer Mutter erkannt werden könnte, weiß sie um die Problematik des ersten Treffens: Frau wird überrascht. Mal positiv, mal negativ. In diesem Zusammenhang fällt mir eine Geschichte ein, die mir eine Freundin einmal erzählt hat. Weil ich schon einen leichten Schwips habe und beim Thema Dating der rote Faden jederzeit wieder aufnehmbar ist, schiebe ich diese Geschichte ein.

„Brunhilde hat mir mal erzählt, dass sie sich mit einer Frau getroffen hat, die das Foto irgendeines Stars gepostet hatte."

„Brunhilde? Die Oberärztin?"

„Ja, und dann kam sie …"

„Woher kennst du denn die Oberärztin?", unterbricht mich Alex verblüfft.

„Sie war auch mal in Köln aktiv. Die Frage ist eher, woher kennst du sie?"

„Eigentlich nur aus Erzählungen", antwortet Alex stirnrunzelnd.

„Also Brunhilde hat sich mit einer Frau getroffen, die hatte das Foto von irgend so einer C-Prominenten gepostet …"

„Echt? Geht das denn überhaupt?", fragt Alex. Der Themenwechsel macht ihr nichts aus, aber sie ist eine kritische Zuhörerin.

„Anscheinend hat diejenige, die das Foto kontrolliert hat, diesen ‚Star' nicht erkannt und das Foto daher durchgewunken. Aber Brunhilde hat diesen ‚Star' ebenfalls nicht gekannt und voll damit gerechnet, dass ihr Date so fantastisch aussieht. Dann stand sie einer Frau gegenüber, die sich über ihr verdutztes Gesicht halb totgelacht haben soll."

„Das kann ich mir vorstellen." Alex lacht jetzt ebenfalls, während sie uns beiden Sekt nachschenkt. „Nach allem, was ich über Brunhilde weiß, hat sie die Frau daraufhin relativ kurz abgefertigt."

„Ja, sie hat sie stehen lassen, als klar war, dass ihr Date groß, dick und dunkelhaarig war.

„Da steht sie sicher nicht drauf", vermutet Alex. „Das ist sie ja alles selbst!" Sie lacht, aber dann falle ich ihr wieder ein: „Wolltest du mir nicht von deinem Date da am Bahnhof erzählen?", bringt sie mich wieder auf die Spur.

Ich nicke, um das zu bestätigen, aber weil ich mittlerweile einen leichten Schwips habe, muss ich kurz überlegen, wo ich den Faden wieder aufnehmen soll.

„Der Bahnhof!", insistiert Alex.

„Ah, ja. Also, ich stehe da am Bahnhof und weiß nicht recht, wie die Frau aussieht. Sie hatte nur so ein halb angeschnittenes Profilbild, da war eine gewisse Hübschheit zu erahnen, aber … naja, die einzige einzelne Frau, die dann aus der Regionalbahn stieg, war …"

Alex sieht mich erwartungsvoll an.

„… nicht so hübsch", schließe ich den Satz ab. „Aber das war gar nicht das Problem, weil sie eigentlich auch nicht hässlich war. Aber sie war so … ungepflegt! Ihre Haare waren ungewaschen und ihr Gesicht glänzte. Die Stirn war mit Pickeln übersät und dauernd hingen fettige Ponysträhnen darüber …"

„Ihh!", ruft Alex und schüttelt sich.

„Das war aber noch nicht alles. Sie trug hautenge Leggins, was sie sich figürlich gar nicht hätte erlauben dürfen und ein abgetragenes, dunkles Sweat-Shirt darüber, das an den Enden schon abgestoßen war und dessen Ärmel sich am Ellbogen beulten, selbst wenn sie den Arm gestreckt hatte. Mein Gott, sie hatte sich quasi als Sex-Date angeboten und hatte es noch nicht einmal für nötig befunden, sich die Haare zu waschen oder sonst irgendwie auch nur ein bisschen appetitlich zu präsentieren."

Alex lacht. Es gilt vielleicht in manchen Lesbenkreisen als schick, sich betont muffelig zu geben, um nicht für eine Femme gehalten zu werden, aber Alex und ich sind uns darüber einig, dass ein Mindestmaß Hygiene unbedingt eingehalten werden sollte. Die Frauen müssen nicht nach Veilchen, Patchouli oder Adventus von Creed riechen, aber sie sollten regelmäßig ihren Weg unter die Dusche finden.

„Hast du die Frau auch stehen lassen?", fragt Alex.

„Nein, ich habe sie natürlich freundlich begrüßt, wie es meine Art ist", antworte ich zerknirscht. Man sagt mir oft und durchaus zu Recht nach, dass ich zu nett bin, vor allem an den falschen Stellen. Ich seufze und erzähle weiter: „Es war ein schöner Tag und dieses Bahnhofsrestaurant hatte Stühle und Tische draußen stehen. Wir sind da zusammen hingegangen und haben uns gesetzt. Weil die Frau von außerhalb kam, habe ich ihr erklärt, dass es hier gut bürgerliche Küche gibt. Da sagte sie, das sei ihr egal, sie habe schon gegessen."

„Ihr wart zum Essen verabredet und sie hatte schon gegessen?" Alex runzelt erneut die Stirn.

„Naja, wir hatten nicht ausführlich darüber gesprochen, aber irgendwie denke ich mir, wenn ich mich abends um 18 Uhr mit jemandem treffe, dann ziehe ich zumindest in Erwägung, mit diesem Menschen auch etwas zu essen. Nun gut, dachte ich mir, dann esse ich eben auch nichts, kann mir auch nichts schaden …"

An dieser Stelle lacht Alex hämisch, was ich ihr einen Moment lang verüble. Dann fahre ich fort: „Es war mühsam, ein Gespräch zu führen, weil ich die ganze Zeit auf ihre Pickel und die glänzende Nase starrte und auf die fettigen Haare und die komischen Klamotten."

Ich nehme mein Glas Sekt und versetze mich zurück an diesen denkwürdigen Abend. Naja, ein ganzer Abend war es ja nicht, aber eine gute Stunde.

„Wie alt war die Frau nochmal?", fragt Alex.

„Weiß nicht mehr genau", antworte ich. „Aber so fünfzehn oder zwanzig Jahre jünger als ich auf jeden Fall."

„Vielleicht hat sie gedacht, sie macht sich mal besser nicht so hübsch, um die Messlatte nicht so hochzuhängen", vermutet Alex und zwinkert vergnügt.

Über diesen Satz muss ich einen Moment nachdenken, weil ich mir nicht sicher bin, was Alex damit meint.

„Nun, sie kannte dich ja nicht", versucht Alex mir über meine Begriffsstutzigkeit hinwegzuhelfen. „Sie konnte nicht ahnen, wie gut du in Schuss bist."

„Sie hätte es ahnen können", sage ich und lächle über das unerwartete Kompliment. „Immerhin habe ich drei Fotos von mir online und auf allen bin ich erkennbar."

„Braves Mädchen!", sagt Alex, die mittlerweile ein Foto von sich gepostet hat, das nur aus fliegenden Pusteblumen und ihrer Nase besteht – wenn auch wieder einmal in künstlerisch anmutendem Schwarz-Weiß. Nicht, dass Alex sich verstecken

müsste, aber sie gibt sich eben gerne geheimnisvoll.

„Wie ging der Abend dann weiter?", fragt Alex
und schüttelt einen letzten Tropfen Sekt aus der
Flasche in ihre Champagnerschale.

„Wir bestellten uns etwas zu trinken, sie sich übrigens einen Schoppen Weißherbstschorle, den sie
in einem Zug halb leerte."

„War wohl nervös", mutmaßt Alex.

„Danach war sie immerhin etwas redseliger, aber
wir fanden kein Thema, das uns beide interessierte."

„Der Altersunterschied", kommentiert Alex, steht
auf und geht in die Küche. Ich höre, wie sie die
Kühlschranktür öffnet. „Gott sei Dank", sagt sie,
kehrt mit einer weiteren Flasche Sekt in der Hand
zurück ins Wohnzimmer und zeigt sie mir.

Ich schüttle den Kopf. „Danke, für mich nicht, ich
muss ja noch fahren", sage ich.

Alex sieht sich ein wenig enttäuscht das Etikett
der Flasche an, als überlege sie, ob es sich lohnt,
sie für sich allein zu öffnen. Dann seufzt sie und
bringt den Sekt zurück in den Kühlschrank.
Schließlich kommt sie mit einer Flasche Mineralwasser wieder.

Deren Etikett sehe ich mir jetzt genauer an, denn
es gibt Mineralwasser, denen ich Leitungswasser

vorziehe. Aber Alex hat eine Marke eingekauft, die weder nach Salz noch nach Schwefel schmeckt und ich lasse mir meine Sektschale damit voll- schenken.

„Wie ging es denn nun weiter?", fragt Alex und klingt ein wenig ungeduldig. Genauer gesagt klingt es wie: „Mach voran und komm' zum Punkt!", was ich übrigens gar nicht leiden kann.

„Ich habe sie gefragt, wann ihre Bahn zurück geht", antworte ich und komme damit aber wirk- lich unverzüglich zum Punkt. „Sie sagte: ‚Halb- stündlich, die nächste 19.03 Uhr", und ich antwor- tete: ‚Dann zahlen wir mal schnell, damit wir die noch erwischen.'"

Alex hat sich mittlerweile wieder in ihre Sofaecke fallen lassen, wo sie nun auf dem Rücken liegt und so herzhaft lacht, dass ihre Beine wackeln.

„Und dann habe ich sie zum Bahnsteig gebracht, mich mit Handschlag von ihr verabschiedet und mich gefreut, dass sie nicht so dumm war, mich nach einem Wiedersehen zu fragen."

„Vielleicht hast du ihr ja auch nicht gefallen", wirft Alex ein.

„Kann ich mir eigentlich nicht vorstellen", tue ich übertrieben selbstbewusst, „aber was für ein Glück!"

Wir kichern.

„Gab es sonst noch Kontakte?", fragt Alex nach.

„Ja, hier", antworte ich und kruschtle aus meinem gelben Rucksack ein dickes Bündel Papier.

„Was ist das?", fragt Alex und greift sich den Stapel.

„Ein Anschreiben einer Verehrerin …"

„Ach du liebe Zeit, die erzählt dir ja ihr ganzes Leben" stellt Alex fest, während sie die Seiten überfliegt. „Und das ihrer Nachbarn gleich mit. Wie kommst du zu der Ehre?"

„Ich hatte doch damals diese Headline von Anthony Hopkins, die lautete: ,Keiner kommt lebend hier raus.' Die fand ich so lange gut, bis diese Mail ankam. Sie beginnt damit, dass sie Christin ist und dass laut Bibel durchaus einer lebend hier rauskam."

Alex lacht auf. „Und die war nichts für dich?"

„Nein, danke, ich habe es nicht so mit Frauen, die gerne Monologe halten. Außerdem finde ich auf keiner dieser Seiten die Stelle, an der sie mich fragt, wie es mir so geht und was ich so mache. Sie erzählt einfach nur von sich und von sich und von sich."

„Ja, da steht zu befürchten, dass sie das im wahren Leben auch nicht anders macht", gibt Alex zu.

„Ansonsten hatte ich noch Nachrichten von Frauen, die bisexuell sind und für sich und ihren

Mann eine Gespielin suchen. Eine kannte ich schon, weil sie mich bereits vor fünf Jahren oder so angeschrieben hatte. Die habe ich gleich geblockt. Eine andere war sehr hartnäckig. Hat mir am Tag im Minutentakt Mails geschrieben."

„Warum hast du die nicht geblockt?", fragt Alex.

„Weil ich so doof war, ihr meine Emailadresse zu geben. Sie wollte mir ein Foto von sich schicken, weil sie auf Lesbinas.de keins hochgeladen hatte."

„Sehr tricky", grinst Alex amüsiert. „Dann hatte sie also deine Emailadresse. Deine richtige?"

„Nein, natürlich nicht. Meine extra-für-solche-Sachen-angelegte Mailadresse."

„Dann geht's ja noch."

Es entsteht eine kleine Gesprächspause, die ich für einen Themenwechsel nutze: „Wie läuft es mit Yvette?"

„Magnifique!", sagt Alex und hält den Daumen hoch. „Die Französinnen können mit den Ossi-Frauen durchaus mithalten, ich meine, was den Sex anbelangt! Und ihr Deutsch ist noch besser!"

Einmütig kichern wir über dieses Ossibashing, zumal auch die Kohlensäure des Mineralwassers noch ein wenig die Sektpromille im Blut stimuliert. Entspannt chillen wir weiter, bis Alex fragt: „Wie geht es eigentlich mit Mareike und Katrin weiter?"

Ich überlege einen Moment, was ich antworten will, aber dann fällt mir etwas anderes ein. „Wir werden sehen", antworte ich. „Vielleicht sollte ich dir erst einmal etwas mehr über die Anfänge erzählen."

„Die Anfänge ..." Alex lässt sich diesen Vorschlag sichtlich durch den Kopf gehen und kommt zu dem Schluss, dass die Anfänge von Geschichten genauso spannend sein können wie deren Enden. Sie lehnt sich also wieder bequem zurück und sagt: „Schieß los!"

KINDERGARTEN

In ihrer frühesten Erinnerung ist es Ostern. Die Luft ist kühl, aber die Sonne scheint und überall ist Farbe. Barbara ist umgeben vom Grüngelb der Mahonien, dem Zartweißgelb der Krokusse und dem klaren Osterglockengelb. Erste Flieder- und die Düfte der blauen oder rosafarbenen Hyazinthen erfüllen die Luft. Im Grün liegen bunte Zuckereier, denen süßer Saft entrinnt, wenn man sie nicht gleich ganz in den Mund steckt, sondern vorsichtig ein Stück abbeißt.

Andere Jahreszeiten sind in Barbaras Erinnerungen viel düsterer. Zum Beispiel jener heiße Sommertag, an dem sie mit einem aufgeschlagenem Knie am Rande des Sandkastens saß und ihr Blut betrachtete, während es ihr Schienbein hinablief. Oder jener verhängnisvolle Herbstmorgen, an dem sie, gerade vier Jahre alt geworden, an der Hand ihrer Mutter in den Kindergarten gebracht werden sollte. Sie widersetze sich, sie quengelte, sie schrie und sie weinte, aber Klein-Barbara wurde erbarmungslos in Richtung Kirche geschleppt, wo in einem Nebenraum der katholische Kindergarten untergebracht war.

Barbara kann heute nur noch ahnen, weshalb sie sich vor mehr als fünfundfünfzig Jahren so gegen den allmorgendlichen Kindergartengang wehrte, schließlich war sie dort weder geschlagen noch sonst wie missbraucht worden. Die wenigen

Bilder, die ihr von ihrer Kindergartenzeit im Gedächtnis geblieben sind, zeigen dunkle Räume, lange Bänke und Literkannen Pfefferminztee, nicht aber Gesichter. Dennoch verkrampft sich noch heute Barbaras Magen, wenn sie daran denkt, wie sie damals der Willkür fremder Frauen überlassen worden war. Frauen, die ihr brutal die Strumpfhose samt Schlüpfer nach unten rissen, sie in die Klokabine steckten, davor stehen blieben, immer wieder hineinlugten und zur Eile drängten. Frauen, die sie zwangen, sich die Hände zu waschen oder diesen widerlichen Tee zu trinken und die sie in die Ecke stellten und stehen ließen, wenn sie sich weigerte. Aber sie erinnert sich auch an eine Nonne in einer auffallend wallenden, schwarz-weißen Tracht mit einer ausladenden, bei jedem Schritt wippenden Haube, die gütig über ihre kurzen Haare strich und sie wieder aus der Ecke entließ, genauso willkürlich, wie sie hineingestellt worden war.

Dieser Platz war voller Regeln, die Barbara nicht verstand und an die sie sich nicht gewöhnen wollte. Nein, alles, aber nicht in den Kindergarten! Und so zeterte sie jeden Morgen erneut an der Hand ihrer Mutter, der das alles fürchterlich peinlich war, denn was schließlich sollten die Nachbarn denken? Unbeirrt zog die Mutter das plärrende Kind an der Hand über die Straßen, bis sie endlich, endlich das Kirchenportal erreichten.

So ging das eine ganze Weile lang. Aber an einem Morgen schien es, als würde plötzlich alles anders. Kaum war Barbara die Treppe hinunter aus dem Haus gezerrt worden, als gleichzeitig die Haustür gegenüber auf der anderen Straßenseite geöffnet wurde und ebenfalls eine Frau das Haus verließ, auch sie mit einem kleinen Mädchen an der Hand.

Es war Liebe auf den ersten Blick. Barbara hätte es nicht so genannt, denn sie war ja noch ein Kind und Kinder sind es gewohnt, dass ihnen dauernd Dinge zum allerersten Mal passieren, daher erstaunte sie das neue Gefühl nicht, sondern sie nahm es freudig und offen auf. Die linke Hand im Griff der Mutter hielt plötzlich still, während Barbara strahlend und glücklich den rechten Arm hob und dem zarten, blonden Geschöpf gegenüber zuwinkte.

Das Mädchen reagierte nicht sofort, denn es hatte Barbara noch nicht bemerkt. Barbara rief daher „Hallo, hallo", was ihr ein „Sei still und halt den Mund" der Mutter einbrachte. Barbara aber ließ sich nicht beirren, winkte und hüpfte. Schließlich drehte sich die andere Mutter nach ihr um, stupste ihr Kind an und das blonde Mädchen sah herüber.

Und dann geschah das unendlich Unfassbare: Der kleine Engel von der anderen Straßenseite, beleuchtet im Glorienschein der ersten

Morgensonnenstrahlen, hob die Hand und winkte zurück! Dann hielt sich das Mädchen mit der eben noch winkenden Hand den Mund zu und gluckste glückselig.

Barbara ließ fasziniert die Hand sinken. „Wer ist das, Mama?", flüsterte sie.

„Das ist Mareike, die Tochter der Familie Kleinert", antwortete die Mutter, angenehm überrascht über die plötzliche Zahmheit ihrer vorhin noch so wilden Tochter und gewillt, das friedliche Klima beizubehalten.

„Und wo gehen die jetzt hin?", fragte Barbara, die sich erstaunlich sanft und willig an der Hand der Mutter die Straße hinunterbugsieren ließ, ohne allerdings auch nur eine Sekunde lang den Blick von Mareike zu wenden, die wiederum fröhlich an der Hand ihrer Mutter die andere Straßenseite entlang hüpfte und sich alle zwei bis drei Hüpfer zu Barbara umdrehte und wieder winkte.

Konnte es etwas Schöneres geben als dieses Geschöpf? Begeistert winkte Barbara zurück, während ihre Mutter antwortete: „Sie gehen vermutlich auch in den Kindergarten!"

„Sie gehen auch in den Kindergarten?" Barbara konnte ihr Glück nicht fassen. Dieses schöne Kind würde mit ihr in den Kindergarten gehen! „Komm, wir gehen rüber zu ihnen!", sagte sie zu ihrer Mutter, die aber den Kopf schüttelte und in weiser Voraussicht ihre Hand wieder fester um die Hand ihres Kindes schloss.

„Wir können jetzt nicht einfach zu ihnen hinüber gehen", sagte sie und erwartete die endlose Diskussion des Kindes über das Warum und das Warum nicht. Doch stattdessen starrte Barbara nur auf die beiden Gestalten auf der anderen Straßenseite, die bei der Kreuzung nach links abbogen, dabei ging es doch geradeaus!

„Die gehen falsch!", rief die kleine Barbara stattdessen und wollte nun ihrerseits ihre Mutter über die Straße auf die andere Seite ziehen. „Halt, halt", rief das Kind der fremden Mutter und ihrem kleinen Mädchen nach und deutete dabei energisch mit der freien Hand in Richtung geradeaus: „Ihr müsst da! Da!"

Schon riss die Mutter Barbara am Arm, dass es weh tat und hielt ihr mit der anderen Hand den Mund zu. Barbara zappelte wie wild, und unter der hohlen Hand ihrer Mutter versuchte sie zu erklären, dass man den beiden doch den richtigen Weg zeigen müsse, wobei ihr Tränen in die Augen schossen und Rotz aus der Nase. In diesem verbissenen Kampf gegen den mütterlichen Schraubstock war sogar eine Sekunde lang nicht ganz klar, ob Barbara nicht aus Verzweiflung in deren Hand beißen würde, bis sie verstand, was ihre Mutter sagte: „Die gehen nicht in den katholischen Kindergarten. Sie gehen in den evangelischen."

Es ist im Nachhinein nicht auszumachen, ob Barbara den Unterschied zwischen katholisch und evangelisch kannte. Wohl eher nicht, aber sie begriff auf Anhieb, was dieser Unterschied für sie bedeutete: Evangelisch war links, katholisch geradeaus. Kindergarten war nicht gleich Kindergarten. Der Himmel mit seinen Engeln war links, die Hölle - ihre Hölle! - war geradeaus. Diese Erkenntnis und das außer Sicht geratene und damit verlorene Glück waren kaum auszuhalten. Barbara schrie wie am Spieß.

Barbaras Mutter war kein Gegner der Prügelstrafe, aber sie hatte ungern Zeugen. Also zerrte sie ihr Kind erneut durch die Gegend, dieses Mal zurück in die elterliche Wohnung. Die Kleine heulend und verrotzt in den Kindergarten zu bringen, kam nicht infrage. Die Mutter trieb das Kind zurück und sperrte es im gemeinsamen Schlafzimmer ein. Ein Kinderzimmer gab es nicht.

Während das Schreien hinter der Schlafzimmertür langsam verebbte, machte sich die Mutter Gedanken über ihr weiteres Vorgehen. Sie kannte ihre Tochter und deren Sturheit und Selbständigkeit. Sie würde keinesfalls jeden Morgen mit ihr hinuntergehen und ein weiteres Theater dieser Größenordnung riskieren. Sie erwog, Barbara zu einer anderen Uhrzeit in den Kindergarten zu bringen, also sobald die Luft rein war. Doch diese Idee scheiterte an ihrer eigenen Obrigkeitshörigkeit. Sich täglich bei Kindergärtnerinnen und

Nonnen für Zuspätkommen entschuldigen zu müssen, war keine akzeptable Lösung.

Und überhaupt: Was konnten die Kindergärtnerinnen und Nonnen ihrer Tochter schon beibringen, was sie nicht längst konnte? Das Kind war aufgeweckt und selbstständig. Es konnte bereits erste Buchstaben schreiben und verließ mutig die elterliche Wohnung auf eigene Faust, um den benachbarten Spielplatz zu besuchen. Selbst eine tiefe Schürfwunde hatte sie vor kurzem nicht dazu bringen können, ihren Platz am Sandkastenrand zu verlassen.

Babs, wie sie ihre Tochter nannte, würde zuhause bleiben, ihr beim Kochen, Backen und Nähen helfen. Beschlossen und verkündet. Was brauchte sie Schwarzröcke und eine Tochter, die sich hartnäckig gegen den täglichen Umgang mit ihnen wehrte!

Auch das Kind im Schlafzimmer dachte nach. Es dachte vielleicht noch nicht so strukturiert und so zielorientiert wie seine Mutter nach, aber es kam dennoch zu Schlussfolgerungen. Barbara beruhigte sich, und als sie sich abschließend mit dem Handrücken einmal quer über das Gesicht fuhr, wobei sie mehr verteilte als wegwischte, spürte sie nur noch die Trauer über das Verschwinden des kleinen Mädchens von gegenüber und nicht mehr die Empörung über das Verhalten ihrer Mutter. Kämpfe mit der Mutter waren an der

Tagesordnung, das Mädchen war neu. Mareike. Was für ein wunderschöner Name: Mareike.

Wenn ein Kind an einem Morgen aus einem Hauseingang treten konnte, dann konnte das auch zu anderen Zeiten geschehen, dachte Barbara. Ob sie vom Schlafzimmerfenster aus wohl einen Blick auf die Haustür der anderen Straßenseite werfen konnte? Sie schob die bodenlange Gardine zurück, die in einer Leiste gute fünfzehn Zentimeter vor dem Fenster angebracht war und wollte hinausspähen. Aber sie war noch zu klein. Mit ihrer Stupsnase erreichte sie gerade einmal die Fensterbank. Barbara verließ ihr Versteck hinter dem Vorhang und suchte den Schemel, den ihre Mutter immer benutzte, wenn sie die Fenster putzte. Sie fand ihn unter dem Ehebett, zog ihn hervor und schob ihn in ihr neues Versteck zwischen Gardine und Fenster. Als sie sich auf den Schemel stellte, ragte ihre Nase weit über den untersten Rand des Fensterrahmens hinaus und sie hatte freie Sicht auf die Straße, den Gehweg und das Haus gegenüber.

Es gehörte zu einer ganzen Reihe fünfstöckiger Mehrfamilienhäuser, die die breite, damals noch weitgehend unbefahrene Straße säumten. Die meisten Häuser stammten aus der Gründerzeit und ein paar von ihnen waren mit prachtvollen Jugendstilmotiven dekoriert, die allerdings im Ruß und Schmutz der Kohleheizungen untergingen. Zwischen den verkommenen Häusern, die erst Jahrzehnte später zu wahren Prachtvillen renoviert wurden, hatten die Stadtarchitekten aber auch Klinkerbauten gesetzt, die mittlerweile ebenfalls rußverschmutzt waren.

Zu diesen Klinkerbauten gehörte das Haus, aus dem an diesem Vormittag Mareike mit ihrer Mutter gekommen war. Es hatte eine kleine, rotbraun gebeizte Haustüre mit einem Glaseinsatz, der durch ein schmiedeeisernes Gitter gesichert war. Barbara betrachtete die Tür versonnen. Da also war die Frau mit Mareike – Barbara hatte an dieser Stelle ihrer Überlegungen Herzklopfen – herausgekommen. Da würde sie wieder hineingehen. Barbara würde so lange hier stehen, bis die Frau und das Mädchen zurückkamen.

Aber es kam nur die Frau zurück, schwer mit Einkaufstüten beladen.

Natürlich, dachte Barbara, sie hat Mareike in den Kindergarten gebracht und war danach einkaufen gegangen. Aber irgendwann einmal wird sie wieder herauskommen und ihre Tochter abholen gehen. Ich bleibe einfach hier stehen und warte.

In ihrer Erinnerung wartete Barbara ein halbes Leben lang auf diesen Moment. Ihr Warten war von den vielen Dingen unterbrochen, die das Leben eines kleinen Mädchens ausmachen. Aber zwischen Aufstehen, Frühstücken, Mutti helfen, Mittagessen, Spielen, Vati begrüßen und Zubettgehen stand sie immer und immer wieder in ihrem Versteck zwischen Gardine und Fenster.

Am Anfang war die Mutter belustigt, was Barbara für eine Art Verständnis hielt. Entspannt stand sie am Fenster, bis endlich, endlich, nach vielen Wochen, das Ersehnte geschah: Sie sah Mareike an der Hand ihrer Mutter nach Hause kommen!

„Mareike, Mareike", schrie Barbara aufgeregt und winkte hinter verschlossenem Fenster mit ihren beiden kleinen Kinderpatschen hinunter.

„Hörst du wohl auf, so einen Lärm zu machen!", rief die Mutter tadelnd ins Schlafzimmer.

„Mareike ist da!", rief Barbara stattdessen freudestrahlend zu ihr hin, doch als sie sich wieder zur Straße umdrehte, war das kleine Mädchen schon außer Sicht. „Mutti, Mutti, ich habe Mareike gesehen!", strahlte sie und rannte vor Freude zu ihrer Mutter in die Küche.

„Ja, und?", fragte die Mutter.

Bei so viel Desinteresse blieb es jedoch nicht. Je öfter sich Barbara in ihrem Fensterversteck aufhielt, desto weniger konnte die Mutter es ignorieren. Erst spöttelte sie über das Verhalten ihrer Tochter, dann nannte sie es Besessenheit, schließlich wollte sie ihr das „Ausspionieren der Nachbarschaft" rundweg verbieten. Doch Barbara war schlecht zu zähmen, denn sie hatte ein Ziel: Sie wollte nicht nur Mareike noch einmal sehen, sie wollte auch von ihr gesehen werden! So hielten weder Tadel, Spott, Häme noch Schläge sie davon ab, immer wieder hinter den Vorhang zu entwischen und sich dort auf die Lauer zu stellen.

Es sollte noch einmal eine unendlich lange Weile dauern, bis Barbara Mareike erneut erspähte. Dieses Mal war sie so klug, das Fenster zu öffnen, auch wenn sie noch immer nicht groß genug war, sich herauszubeugen. Immerhin konnte sie auf dem Schemel auf und ab hüpfen und dabei rufen und winken. Das tat Barbara dann auch eine ganze Weile, bis ihre Mutter ins Schlafzimmer gestürmt kam, den Vorhang zur Seite und ihr Kind vom Fenster wegriss.

Doch egal, da war das Wunder bereits geschehen: Mareike hatte Barbara gehört, hatte nach oben geschaut und – strahlend! – zurückgewunken.

Die Schläge, die Barbara jetzt bekam, machten ihr nicht wirklich etwas aus. Das tiefe Glück, das sie beim Anblick der kleinen Mareike empfunden hatte, war unzerstörbar. Leider war es aber nicht wiederholbar. Ihre Mutter schloss von nun an tagsüber das Schlafzimmer ab – eine Maßnahme, von der sie bedauerte, sie nicht längst ergriffen zu haben. Doch Barbara wusste sich zu helfen. Sie machte kurzerhand den Spielplatz zum neuen Spähplatz. Wenn sie dort auf einer ganz bestimmten Schaukel saß und mit Schwung ganz nach oben wippte, dann konnte sie die rotbraune Haustür sehen, die den größten Schatz der Welt barg.

So schaukelte sich Barbara bis in ihre Schulzeit, ohne dass sie Mareike jemals wiedergesehen hätte. Später erfuhr sie, dass die Familie weggezogen war, nachdem der Vater seine Arbeit in der nahe gelegenen Fabrik verloren hatte. Aber da hatte Barbara ihre Suche nach dem Nachbarsmädchen längst aufgegeben. Nur das Gefühl, das sie hatte, als Mareike ihr dieses eine Mal zurückgewunken hatte, sollte Barbara ihr Leben lang begleiten.

LUNCH MIT ALEX

„Die Mutter der Dummen ist aber auch immer schwanger!", ruft Alex mir abgehetzt entgegen, als sie an diesem Nachmittag auf mich zukommt. Wir waren im Café am Marktplatz verabredet und ich sitze schon eine ganz Weile auf der Terrasse und warte auf sie. Allerdings geduldig. Alex ist zuverlässig. Mag sein, dass sie mal zu spät kommt, aber sie kommt immer oder sagt rechtzeitig ab.

„Was war los?", frage ich sie, während sie umständlich auf einem Stuhl mir gegenüber Platz nimmt und dabei versucht, ein paar Einkaufstaschen so zu verstauen, dass sie nicht umfallen.

„Stell dir vor", beginnt sie noch etwas außer Atem, „ich war im Drogeriemarkt. Ich wollte Präservative kaufen."

„Präservative?" Ich bin ein wenig erstaunt, aber sehr neugierig. „Wozu brauchst du Präservative?"

„Für meine Toys", sagt sie lapidar.

„Oh", meine ich. „Da ziehe ich Gleitcreme vor."

„Die wollte ich ja auch kaufen", nickt sie. „Aber für manche Dinge brauchst du halt Gummis und Gleitcreme."

Einen Moment lang lasse ich diese Information auf mich wirken. Mein Kopf produziert ungewollt ein paar passende Szenarien. Ich lächle wissend.

„Also", fährt Alex fort, „ich gehe also in den Drogeriemarkt dort hinten ..." Alex weist mit einer flüchtigen Handbewegung in Richtung Westen, „aber ich finde dort die Dinger nicht. Ich laufe die Reihen auf und ab und finde einfach keine Präser. Also gehe ich zu einer Mitarbeiterin des Markts, einer großen Pummeligen, die gerade ein paar Waren auspackt und frage sie: ‚Entschuldigen Sie bitte, wo sind hier die Präservative?' Da sieht sie hoch, schaut mich mit großen Kulleraugen an und schluckt. Ich sehe, sie weiß nicht, wovon ich rede, aber vielleicht hat sie mich ja nur akustisch nicht verstanden. Oder sie überlegt sich, wozu ich alte Schachtel wohl Präservative brauche. Ich frage also: ‚Welchen Teil des Satzes haben Sie nicht verstanden?' und sie schluckt und sagt: ‚Könnten Sie die Frage nochmal wiederholen?' Ich wiederhole also: ‚Wo finde ich die Präservative?' Sie antwortet stockend: ‚Könnten Sie mir das genauer erklären?'"

Ich brülle jetzt schon vor Lachen.

Alex fährt fort: „Ich bin mir da nicht sicher, was ich ihr erklären soll und überlege fieberhaft, wie die Dinger noch so heißen, aber das Wort ‚Kondom' kommt mir nicht in den Sinn, nur so Worte wie ‚Gummi' und ‚Überzieher' und dann denke ich, ich bin doch nicht hier, um das Personal aufzuklären und sage: ,Das fragen Sie mal am besten Ihre Mutti!'"

Ich liege mittlerweile schon halb unter dem Tisch. „War das eine Auszubildende?", frage ich prustend.

„Nein, die war schätzungsweise Mitte, Ende zwanzig. Sie hätte das schon wissen können!"

„Und jetzt hast du keine Gummis", stelle ich fest.

„Doch. Ich habe danach noch dies und das gekauft und eine andere Verkäuferin gefunden. Die habe ich das gleiche gefragt und die hat mich auch zu dem Regal geführt, auf dem sowohl Präservative als auch Gleitcremes stehen. Da habe ich mir ausgesucht, was ich brauche und bin noch einmal zu Verkäuferin Nummer Eins gegangen, habe ihr eine Packung unter die Nase gehalten und habe gesagt: ,Schauen Sie, das sind Präservative!' Daraufhin ist sie richtig sauer geworden. ,Das hätten Sie mir ja auch gleich sagen können, dass Sie Kondome wollen', hat sie gekeift und nun haben alle Kunden des Drogeriemarkts hergesehen, so wie damals in der Werbung: ..."

„... Tina, was kosten die Kondome!", falle ich ihr ins Wort und wir lachen beide schallend.

„Ich muss also nicht fragen, ob es Yvette noch in deinem Leben gibt", fasse ich das Gehörte zusammen.

„Nein, musst du nicht. Bei uns ist alles in bester Ordnung!", antwortet Alex und sieht sich nach der Bedienung um.

In diesem Moment niest mein Handy vernehmlich. „Entschuldige bitte", sage ich zu Alex und schaue auf mein Display. Dann grinse ich. „Passt zu unserem Lieblingsthema", erkläre ich. „Gerade kam eine Nachricht über Lesbinas.de herein. Von einer Frau, die sich ‚Greatlady' nennt."

„Und was schreibt sie?" Alex ist sofort hochinteressiert.

Ich lese vor: „Hallo, magst du chatten? Ich bin gelangweilt!"

„Nur langweilige Menschen langweilen sich", kommentiert Alex spontan.

„Ist bestimmt nur ein Fake", sage ich, klicke meine App an und rufe das Profil von Greatlady auf. „Ah, ja, siehst du!", sage ich und reiche Alex das Smartphone. „Kommt aus Surrey und schreibt als Headline, dass sie einen Lover sucht!"

Alex nimmt mein Handy und runzelt die Stirn, während sie halblaut vorliest: „‚Hot, middle aged woman in need of a lover'. Ja, Fake. Das kannst du knicken."

Ich nehme mein Smartphone wieder an mich und lösche die Nachricht.

Alex greift sich die Speisekarte und schmökert darin. „Hast du schon was bestellt?", fragt sie mich.

„Och", antworte ich vage, aber Alex hat schon verstanden.

„Du magst das Essen hier nicht?", fragt sie zur Bestätigung.

„Das Essen hier ist ganz okay, wenn man jene Art Essen mag, bei der man hinterher noch hungriger ist als vorher. Toast Hawaii beispielsweise. Eine Scheibe Toast, eine Scheibe Schinken, eine Ananas … wer soll davon satt werden? Dann lieber gleich nichts essen", erkläre ich.

Alex zuckt mit den Schultern und schließt die Speisekarte. „Ich hätte gerne einen Milchkaffee und einen Mohnkuchen", ruft sie dann der vorbeieilenden Bedienung zu.

Die Bedienung bremst und dreht sich zu uns um. „Einen Mohnkuchen, ein Milchkaffee und Sie?" Sie sieht mich aufmunternd an.

„Noch einen Cappuccino und eine Himbeertorte", antworte ich.

„Wow, du lässt es aber krachen", meint Alex anerkennend, sieht dann aber doch ein wenig despektierlich an meinen Rundungen herab.

„Wart ab, bis du den Mohnkuchen siehst", knurre ich, denn ich weiß, dass so ein gefüllter Mürbteig wesentlich mehr Punkte hat als ein dünner

Biskuitboden, der mit zarten Himbeeren in einem Hauch Schlagsahne belegt ist. Und dann schaue ich mir mal ihre Rundungen genauer an.

Aber kaum kommt der Kuchen, ist alle Rivalität vergessen. „Magst du mal probieren?", nuschelt Alex mit vollem Mund.

„Klar", antworte ich und schon futtern wir uns gegenseitig die Kuchen weg.

„Was Neues bei den Lesbinas?", fragt Alex zwischen zwei Happen.

„Nur das übliche Trauerspiel."

„Sprich!"

„Also, da war eine, also …" Ich weiß gar nicht, wie ich das erzählen soll. Also sage ich: „Ich weiß gar nicht, wie ich das erzählen soll. Da hat mich eine angeschrieben, Sätze voller Rechtschreibfehler, meint, sie hätte mal studiert und wäre jetzt aber in einem Antiquariat beschäftigt …"

Alex gluckst schon, und ich erzähle weiter: „Und 57 Kilo wöge sie auch nicht mehr. Ein Foto zum Davonlaufen. Die wolltest du hier nicht am Tisch sitzen haben. Und nachdem sie mich derart zugetextet hat, schließt sie mit ‚Lust zu schreiben??? Dann freue ich mich. Bitte nicht traurig sein, wenn ich nicht gleich antworte … ich bin oft very busy …'"

„Also, sie erzählt dir freiwillig, dass sie nicht der Hauptgewinn in der Lotterie ist und gibt sich dann auch noch very busy!" Alex lacht. „Attraktiv sein und keine Zeit haben, das kann man ja noch verstehen, aber hässlich sein, sich gleichzeitig interessant *und* rar machen wollen, das geht gar nicht!"

„Meinst du, es geht noch ein Stück Kuchen?", frage ich, aber Alex schüttelt den Kopf: „Das war Lunch genug", meint sie.

Ich zucke mit den Schultern, denn wo sie recht hat, hat sie recht.

„Was hast du geantwortet?"

„Wem?", frage ich zurück, denn eben hatte ich noch an Kuchen gedacht.

„Der Dicken!"

„Das ist Bashing!", rüge ich meine Freundin grinsend und sie lacht.

„Na gut, der nicht-mehr-57-Kilo-Wiegenden", präzisiert sie.

„Ich habe mich bei ihr für Ihre Mail bedankt, geschrieben, dass sie mir zu weit weg wohnt und sie anschließend blockiert."

„Zu weit weg? Wo wohnte sie denn?"

„In Essen."

„Mmhh. Hattest du nicht mal was mit einer aus Darmstadt? Das ist doch noch weiter weg."

„Ja, aber von der wollte ich auch was und von der aus Essen nicht", erkläre ich. „Außerdem hatte ich mit der in Darmstadt nichts. Das hat sich nicht ergeben."

„Ich fürchte, da habe ich nicht die ganze Geschichte mitbekommen ...", überlegt Alex.

„Wahrscheinlich hast du sie nur wieder vergessen", vermute ich. „Die Geschichte war so strange, dass ich sie dir bestimmt erzählt habe."

„Erzähl sie einfach nochmal", fordert mich Alex auf.

Ich schließe für einen Moment die Augen und denke zurück an diese wunderschöne Frau, die eines Abends mein Profil auf Lesbinas.de besucht und mir ein Herzchen als Gruß hinterlassen hatte. Sie war fast fünfzehn Jahre jünger als ich und ich bedauerte sehr, dass sie so weit weg wohnte, was ich ihr auch schrieb.

Sonja verstand das versteckte Kompliment und schrieb: „Ja, ich bin leider sehr weit weg ... aber ich traue mich jetzt trotzdem dich zu fragen, ob du vielleicht mit mir telefonieren möchtest? Es würde mir ein wenig schwerfallen, mich von dir zu verabschieden, ohne wenigstens mit dir gesprochen zu haben."

Ich war gerührt und höchst erfreut. „Ich bin in eineinhalb Stunden zuhause", schrieb ich zurück, „wenn es dir dann nicht zu spät ist, hier ist meine Nummer ..."

Ich war kaum zuhause, als das Telefon klingelte. Ich war angenehm überrascht zu hören, dass Sonja nicht nur eine hübsche Person war, sondern auch eine schöne Stimme hatte. Das Telefonat dauerte über eineinhalb Stunden und vermutlich würde ich mit Sonja noch immer telefonieren, wenn dann nicht der Akku meines Telefons gestreikt hätte. Es war aber auch einfach magisch: Wir hatten die gleiche Wellenlänge, fanden immer neue Gemeinsamkeiten und immer interessantere Themen. Sonja gestand mir, dass sie sich in mein drittes Foto von links verliebt hatte. „Als ich es sah dachte ich, ich muss diese Frau unbedingt küssen!", sagte sie.

„Hast du aber ein Glück", klinkt sich Alex in meine Erzählung und kichert.

„Ja, so als Butch hat man schon seine Verehrerinnen", antworte ich stolz und verlegen zugleich. Dabei erinnere ich mich an eine Begebenheit, die bestimmt schon zwanzig Jahre her ist. In einer Diskothek sah eine hübsche blonde Frau, die mit ein paar schwulen Jungs auf der Tanzfläche blödelte, immer wieder zu mir herüber. Sie gefiel mir und zur gegebenen Zeit folgte ich ihr auf die Toilette. Ich weiß nicht mehr, was wir dort gesprochen haben, aber ein paar Sätze später küssten wir uns. „Ich musste dich küssen!", sagte die Frau damals, „Ich sah dich die ganze Zeit an und dachte, die muss ich unbedingt küssen!"

Die Erinnerung an diese Begebenheit lässt mich lächeln.

„Erde an Raumschiff, Erde an Raumschiff, hallo!", reißt mich Alex aus meinen Tagträumen. „Geht die Geschichte mit Sonja noch irgendwie weiter?"

„Ja, schon", sage ich und suche nach meinem Faden. „Ich habe damals geantwortet, dass ich ebenfalls ausgesprochen gerne küsse", erzähle ich weiter und in meinen Erinnerungen vermischen sich Sonja am Telefon mit der Frau in der Diskothek, deren Namen ich vergessen habe. Doch dann reiße ich mich zusammen und bringe meine Geschichte zu Ende.

„Ich auch", seufzte Sonja am Telefon und es entstand eine Pause, in der es von Darmstadt bis Köln prickelte und wieder zurück. Und schon war es um uns geschehen! Plötzlich war auch eine Fernbeziehung eine Option.

Als mein Akku aufgab, war es mitten in der Nacht, aber dennoch schickten wir uns noch unzählige WhatsApp-Nachrichten und noch ein paar Fotos. Schließlich wünschten wir uns zum x-ten Mal eine gute Nacht und beendeten den

WhatsApp-Verkehr. Zumindest ich tat das und ging high und frisch verliebt ins Bett.

Am nächsten Morgen stellte ich fest, dass Sonja mir eine Sprachnachricht auf WhatsApp hinterlassen hatte: „Ich kann jetzt einfach nicht einschlafen und du bist schuld daran!" Sie sagte das mit verschlafener Stimme, die so sinnlich klang, dass ich am liebsten sofort ins Auto gestiegen wäre …

„Daran erinnere ich mich", sagt Alex an dieser Stelle. „Du hattest mir die Sprachnachricht weitergeleitet, um mich ein wenig neidisch zu machen."

„Ja, und ich glaube, das ist mir damals auch gelungen …" Ich lache, weil Sonjas und meine Geschichte an dieser Stelle ja noch lustig war.

Im Anschluss an die Sprachnachricht hatte sie mir noch ein paar weitere Texte hinterlassen. „Du warst heute Morgen mein erster Gedanke …" stand da, und: „Schau' mal, uns trennen anscheinend nur 200 Kilometer … ich dachte, es wären viel mehr! Kann das sein, dass du so nah bist?"

Mein Herz hüpfte. „Ich werde gleich einmal nachsehen, ob mein Routenplaner das auch so sieht", schrieb ich zurück.

Also ging ich frühmorgens an meinen PC und stellte auch gleich fest, dass Sonja mir nachts auf Facebook ihre Freundschaft angeboten hatte, die ich freudig annahm. Dann checkte ich die Strecke Köln-Darmstadt und schrieb zurück: „Mein

Routenplaner sagt 199 Kilometer. Lädst du mich zu dir ein?"

Statt einer getippten Antwort bekam ich ein kleines Video von ihr, auf dem sie – auch irgendwie high – mir schöne Grüße schickte. Dabei musste sie den Satz drei Mal neu anfangen, weil sie, wie sie sagte, so Herzklopfen habe.

„Du bist soooooo süß, omg 😊!", schrieb ich zurück.

An diesem Morgen gab es dann noch ein lebhaftes Hin und Her. Sonja versah auf Facebook alle Posts und alle Fotos von mir mit einem Like oder sogar mit einem Herz und änderte ihren eigenen Status. Statt „Single" stand jetzt unter ihrem Namen „In einer Beziehung mit …", verlinkt mit meinem Profil.

Alex schnappt hörbar nach Luft.

„Ich fand das sehr schmeichelhaft", verteidige ich mich.

„Übergriffig, meinst du wohl", korrigiert mich Alex.

„Ich schmolz einfach so dahin", versuche ich zu erklären. Gleichzeitig erinnere ich mich, dass mir jeden Moment klar war, dass ich gerade auf einer Art Trip bin.

„Ich glaube, ich geh mal meinen Verstand suchen ..." schrieb ich ihr.

„Wenn ich nicht aufpasse, erwischt es mich so richtig", schrieb sie zurück.

„Okay, ich suche deinen Verstand mit ...!"

„Ich muss bereits jetzt sehr an mich halten und mich zusammenreißen ..."

Daraufhin ich: „Ich komme dich bald besuchen. Dann sehen wir, was Projektion und was Wirklichkeit ist."

„"

Nachdem Sonja mir dieses Herz geschickt hatte, ging ich meiner Arbeit nach. Es gab viele Dinge in meinem Atelier, die ein wenig Zuwendung und Konzentration erforderten. Als ich zwei Stunden durchgearbeitet hatte, sah ich, dass wieder zwölf WhatsApp-Nachrichten von Sonja eingegangen waren.

„Wir sind immer noch am Tag Eins nach dem ersten Telefonat in der Nacht?", fragt Alex fassungslos und ich nicke.

Ich erlaubte mir damals, die zwölf Nachrichten für den Moment zu ignorieren und stattdessen weiterzuarbeiten. Zehn Minuten später klingelte mein Telefon. Ein Blick auf das Display zeigte, dass es eine Telefonnummer aus Darmstadt war, die mich gerade anrief. Ich war schon ein wenig genervt und beschloss, Sonja meinem

Anrufbeantworter zu überlassen, aber sie legte auf, ohne etwas darauf gesprochen zu haben.

Weitere fünf Minuten später rief sie erneut an. Und gefühlte fünf Sekunden später noch einmal. Jetzt wurde es zum Kraftakt, nicht den Hörer zu ergreifen und völlig entnervt „Was?" zu brüllen.

Doch dann war Ruhe. Für den Moment. Dann kam eine WhatsApp: „Ich habe kein Interesse mehr, wünsche dir aber alles Gute."

Alex lacht verblüfft auf.

Ich war damals genauso verdattert wie Alex jetzt. Schließlich entschloss ich mich, zurückzurufen, aber es ging niemand ans Telefon.

„Dann hast du es hoffentlich für immer bleiben lassen", sagt Alex, deren Beine schon immer fester auf dem Boden hafteten als meine.

„Nein, ich bin auf Facebook und habe gesehen, dass sie mich dort entliked hat. Dann wollte ich ihr eine WhatsApp schicken, aber sie hatte mich geblockt."

„Woher weißt du das?", fragt Alex, die vermutlich noch niemals von jemandem geblockt wurde.

„Man erkennt das daran, dass das Profilfoto des anderen nicht mehr sichtbar ist", erkläre ich.

„Meine Mutter hat gar kein Profilfoto", gibt Alex zu bedenken.

Ich verdrehe die Augen: „Das mag ja sein, aber das ist etwas anderes. Das liegt vermutlich eher daran, dass sie eitel ist und sich auf keinem Bild mehr gefällt. Aber glaub mir, wenn eine eben noch ein Profilfoto hatte und dann plötzlich nicht mehr, dann liegt das nicht daran, dass sie plötzlich eitel wurde, sondern daran, dass sie dich gesperrt hat."

„Aha." Alex sieht sich nach der Bedienung um. „Geht die Geschichte lange genug, dass ich mir noch einen Espresso bestellen kann?"

Ich nicke und Alex schnippt nach der Kellnerin, erhascht ihre Aufmerksamkeit, deutet auf ihre leere Tasse und reckt den Daumen hoch. Die Kellnerin versteht die Pantomime und reckt ebenfalls den Daumen hoch. „Möchten Sie auch noch etwas?", fragt sie in meine Richtung. Ich schüttle den Kopf.

Jetzt dreht sich Alex wieder mir zu. „Und dann?", fragt sie.

Später am Abend, genauer gesagt: etwa vierundzwanzig Stunden nach unserem ersten Telefonat, versuchte ich erneut, Sonja anzurufen und dieses Mal ging sie ran. „Was war denn heute Mittag mit dir los?", fragte ich sie.

„Und was war los mit der Schnepfe?", fragt Alex.

„Sie hatte Panik bekommen, sie hat gedacht, ich sitze mit irgendeiner anderen Frau zuhause und mache mich über sie lustig …"

„Äh … tagsüber? Während du arbeitest? Wie kommt sie auf dieses schmale Brett?"

„Sie erklärte mir, sie wäre in einem Waisenhaus groß geworden und hätte kein Urvertrauen."

„Das hat sie dir erzählt?", fragt Alex ein wenig ungläubig.

„Ja, aber erst, nachdem so etwas noch einmal vorgekommen ist."

„Du hast die Sache weiterlaufen lassen? Bist du noch ganz knusper? Der hätte ich was erzählt und fertig! Deutlicher hat sie doch gar nicht signalisieren können, dass mit ihr was nicht stimmt!" Die Missbilligung in Alex' Blick könnte auch nicht deutlicher sein.

Aber ich war damals schon ein wenig verknallt, das muss ich zugeben. Das nächtliche Telefonat, das nette Video, das sehnsüchtige Schmachten …

„Da bist du natürlich voll drauf abgefahren", fasst Alex die Situation zusammen und schüttelt wieder den Kopf.

Ich hatte damals gedacht, nun gut, Sonja haben die Gefühle auch übermannt und da kann es schon mal zu Kurzschlussreaktionen kommen. Wir versöhnten uns bei diesem abendlichen

Telefonat, sprachen wieder über das Küssen und über das Verschmelzen und dass frau, wenn der Sex besonders schön ist, im Eifer des Gefechts manchmal gar nicht mehr weiß, welcher Körperteil zu welcher Frau gehört, weil alles ein einziger Schmelztiegel der Lust ist … Hätten wir uns schon gekannt bin ich mir sicher, dass wir spätestens jetzt mit Telefonsex angefangen hätten, aber so musste jede von uns angefixt ins Bett und selbst sehen, wie sie mit dieser frisch entfachten Lust umgehen wollte.

Am nächsten Morgen war alles wie am Morgen zuvor: Ich hatte wieder eine Freundschaftsanfrage auf Facebook von ihr und ihr Profilbild bei WhatsApp war wieder sichtbar.

Da ich zwischenzeitlich erfahren hatte, dass Sonja weder einen Führerschein, geschweige denn ein Auto hatte, was klar, dass ich diejenige sein würde, die sich ins Auto setzt und zu ihr fährt. Aber ich wollte ihr auch signalisieren, dass sie bei mir willkommen wäre. Ich sah nach Bus-Verbindungen und fand eine, die von Haustür zu Haustür ging und fast nichts kostete, vorausgesetzt, man buchte früh genug.

„Schau", schrieb ich Sonja in einer Mail. „Kennst du den Flixbus? Der fährt unheimlich günstig zwischen uns hin und her. Du könntest also auch einmal zu mir kommen."

„Danke für deine Mail", antwortete sie per WhatsApp. „Ich kenne den Flixbus. Aber es wäre mir lieber, wenn du beim ersten Treffen zu mir kämst. Ich interpretiere den Hinweis auf den Flixbus jetzt allerdings so, dass du mich lieber doch nicht besuchen möchtest. Das ist in Ordnung und wir müssen uns auch nicht treffen. Bis dann mal!"

Alex schüttelt sich in ihrem Caféhausstuhl vor Lachen und hätte dabei beinahe den Espresso verschüttet, den die Kellnerin just in diesem Moment brachte. „Was hast du geantwortet? Bitte sag mir, dass du ihr gesagt hast, sie soll sich ins Knie ficken."

Ich sehe Alex erstaunt an. Sie drückt sich selten so grob aus, aber jetzt passt es gerade ganz gut. Ich lache. „Ich habe ihr sechs WhatsApp-Nachrichten geschickt, um genau zu sein, und vom Ficken war nicht die Rede."

Nachricht 1: „Hä?"

Nachricht 2: „Bist du verrückt?"

Nachricht 3: „Natürlich will ich dich besuchen!"

Nachricht 4: „Liebes, das ist jetzt schon das zweite Mal, dass du mir etwas negativ auslegen willst. Ist das ein Muster bei dir?"

Nachricht 5: „Du hattest nicht geantwortet, als ich fragte, ob du mich zu dir einlädst, daher dachte ich, du würdest vielleicht lieber zu mir kommen. Ich suche doch nur nach Wegen ..."

Nachricht 6: „Zicke!"

Sonja meldete sich nicht. Nervös sah ich immer wieder auf das Display meines Smartphones – an Arbeit war nicht zu denken. Schließlich schaltete ich meinen PC aus und ging spazieren.

Als ich zurückkam, fand ich diese Nachricht vor: „Ich habe gerade versucht dich anzurufen, weil ich solche Dinge lieber am Telefon bespreche. Ich kann dich aber nicht erreichen, dein Handy ist aus und auf dem Festnetz geht der AB dran."

Ich antwortete: „War im Wald, da nehme ich weder Handy noch Telefon mit. Ich wollte dich aber eben zurückrufen, aber es war entweder besetzt oder du hast mich blockiert. Was geht da bei dir schon wieder vor?"

Dann sah ich, wie Sonjas Foto bei WhatsApp wieder verschwand.

„Na, Gott sei Dank", sagt Alex und nippt an ihrem Espresso. „Warst du sie dann los?"

„Fürs erste schon", antworte ich. „Sogar auf Facebook war ich wieder entlobt."

Sonja hatte mir ein paar Wochen später noch einmal eine WhatsApp geschickt. Sie schrieb, wir hätten doch besser gleich mit dem Küssen anfangen sollen, aber noch bevor ich darauf antworten konnte, war ich schon wieder blockiert.

„Gut fort!", konstatiert Alex. „Erzähle mir doch noch etwas von Mareike und den anderen", bittet Alex.

Aha, Mareike, habe ich es mir doch gedacht. Sie hat es auf Mareike abgesehen. Nun, da ist sie nicht die einzige …

GEORGE SAND

In den 1970-er Jahren hätte Barbara jeden Neben-job haben können, den sie wollte. Alles war im Aufschwung und überall gab es etwas zu tun. Auch ungelernte Kräfte waren hochwillkommen. Die einzigen Voraussetzungen, einigermaßen vorzeigbar, halbwegs intelligent und zuverlässig zu sein, erfüllte Barbara mit Bravour. Sie hätte als Verkäuferin in einer Boutique oder in einer Parfümerie jobben, als Telefonistin oder als Bürokraft arbeiten können. Doch Barbara entschied sich dafür, die Nacht zum Tag zu machen und im George Sand hinter dem Tresen Kölsch auszuschenken.

Ihre Mutter war nicht glücklich gewesen, als sie erfuhr, dass Barbara „etwas mit Kunst" machen wollte und sich für ein Kunststudium in Köln beworben hatte. Bis zum Schluss hatte sie gehofft, Barbara würde nicht angenommen werden oder käme von alleine zur Vernunft. Hätte sie nicht auch in Heidelberg Jura oder in Freiburg Medizin studieren können? Beide Städte wären nicht ganz so weit vom heimischen Gaggenau entfernt gewesen.

Doch Barbara wollte möglichst weit weg. Sie fand am Kölner Gereonswall ein kleines Einzelzimmer in einem Haus direkt neben den Bahngleisen und startete ihr Studium in der Kunstschule neben dem Haus der tausend Busen. Hier nannte sie niemand mehr Babs.

Es war nicht nur die Neugierde, die Barbara gleich in den ersten Wochen ihres Kölner Lebens in den Marsilstein 9 trieb. Sie hatte den Lärm, den vorbeifahrende Züge machen können, völlig unterschätzt. Die überlangen Güterzüge, die Nacht für Nacht direkt an ihrem Bett vorbeirumpelten, brachten sie um den Schlaf. Anfangs beschäftigte sich Barbara nachts damit, ihre Umzugskisten vollends auszuräumen und ihre Staffelei aufzubauen, aber dann gab es nichts mehr für sie zu tun. Zum Malen war es zu dunkel.

Vom George Sand hatte sie gehört, wie man so unter der Hand Dinge hört, von denen man nicht weiß, ob sie nun stimmen oder nicht. Barbara wusste um die Schriftstellerin, aber das Lokal dazu wollte sie selbst kennenlernen. Sie betrat es eines nachts und war sofort verzaubert: der rote Samt, der in ganzen Bahnen um Wände und Möbel drapiert war, die Perlenstränge, das ganze plüschige – ja sogar puffige –, in warmes Flackerlicht getauchte Interieur gefielen ihr. Es war so … so … verrucht!

Es dauerte nicht lange, bis sie Ma, die Chefin des Lokals dazu überreden konnte, sie einzustellen. Die groß gewachsene, stämmige Barbara mit dem kurzen Haar, dem ernsten Blick und den intelligenten Augen gefiel ihr.

Ma zeigte ihr, wie man Kölsch zapft, aber als Barbara den Bogen heraus und sich regelrecht eingelebt hatte, übernahm sie auch andere Aufgaben. Sie konnte Männern, die sich nicht benehmen wollten, den Ausgang zeigen und hörte sich ernsthaft die Sorgen und Nöte ihrer weiblichen Gäste an. Als erste Stammkundinnen Interesse an ihr zeigten, erhöhte Ma Barbaras Stundenlohn.

Noch immer war Barbara Studentin, aber sie tat natürlich, was alle Studenten in allen Jahrhunderten getan haben: Sie stieß sich die Hörner ab. Dass Männer für sie nicht infrage kamen, hatte sie spätestens seit ihrer Pubertät als verbindlich erachtet, als die ersten Jungs noch schüchtern an ihrer Tür klopften und mit ihr rauchen, saufen oder ausgehen wollten. Barbara war für all das zu haben, aber mehr war nicht drin. Doch trotz Uschi Obermaier, dem Geist der freien Liebe und Gaggenaus Einstufung zur Großen Kreisstadt begannen die Nachbarn, über Barbara zu tuscheln.

In Köln war sie von alledem befreit. Als Rausschmeißerin im George Sand musste sie bei Frauen nicht schüchtern sein. Als Barbara das verstanden hatte, war sie es auch nicht mehr. Im Gegenteil. „Das wird einmal ein echt kesser Vater“, sagte Ma, die schnell erkannte, dass ihr das Kundschaft brachte.

Es waren allerdings nicht immer die Männer, die sich danebenbenahmen. Je später der Abend, desto lautstärker die Streitereien, desto heftiger die Szenen, begleitet von Heulen und Krakeelen.

Davor, bedrohlich leise, die Intrigen und üblen Nachreden. Barbara schaffte es immer wieder, schlichtend einzugreifen, ohne sich dabei einzumischen. Ein paar Frauen waren harmlos, die musste sie nur im Auge behalten: Herta beispielsweise war äußerst zeigefreudig und hatte schon manche arglose Toilettenbesucherin mit entblößten Körperteilen überrascht. Kerstin trank oft zu viel und wurde dann weinerlich, sehr anhänglich und schnell lästig. Annegret hingegen neigte zur Angeberei und Großspurigkeit, was selten gut ankam. „Champagner für alle!", sollte wirklich niemand rufen, der von der Stütze lebt, zumal Ma in dieser Hinsicht keinen Spaß verstand und nicht anschreiben ließ. Barbara musste all ihre Überzeugungskraft aufbieten, um sowohl Annegret als auch Ma auf eine Flasche Champagner herunterzuhandeln und selbst die konnte Annegret erst bezahlen, nachdem der Hut herumgegangen war und alle einen Heiermann hineingeworfen hatten. Wirklich problematisch waren aber nur Frauen, die aggressiv wurden, wenn sie zu viel getrunken hatten. Barbara steckte sie immer rechtzeitig in ein Taxi.

An einem frühen Abend, das George Sand hatte gerade geöffnet und war noch so gut wie leer, polierte Barbara die Gläser und hing ihren Gedanken nach. Sie dachte an ihre letzte Arbeit für die Kunstschule und versuchte, die Kritik ihres Dozenten zu verstehen. Barbara wusste, dass gerade dieser eine Dozent sie nicht per se kritisieren, sondern fördern wollte, deshalb bemühte sie sich um seine Sicht der Dinge. Als sie damit nicht weiterkam, schweifte sie gedanklich ab und dachte an ihre derzeitige Geliebte. Sie hieß Helga und war ein dralles, hübsches Mädchen, aber leider viel zu anhänglich und sicher bald ein Problem.

Bei diesen Gedanken überlegte sich Barbara, was eigentlich das Problem mit ihr selbst war. Eigentlich wollte sie ja eine dauerhafte Beziehung und fing auch jeden Flirt hoffnungsvoll an. Aber immer gab es etwas, das sie vermisste, etwas, das sie nicht benennen konnte, aber fehlte. Bei Helga fand sie das auch nicht.

Ich bin ja noch jung, tröstete Barbara sich selbst und sah aus den Augenwinkeln, wie eine blonde Frau hereinkam und sich an die riesige Theke setzte. Frischfleisch, dachte Barbara sofort, während sie die Frau abscannte. Durchaus mein Fall, fügte sie in Gedanken hinzu, doch als sie sich in Bewegung setzen, zu ihr hingehen und die Bestellung aufnehmen wollte, sah sie, dass Ma schneller gewesen war.

„Ein Mineralwasser, bitte", bestellte die Fremde und Ma rückte sich, statt einer Antwort, den Stirnreif zurecht. Sie hasste Frauen, die Mineralwasser tranken. Im George Sand war nur Kölsch billiger. Sie drehte sich zu Barbara um und rief ihr: „Ein Mineralwasser" zu, und obwohl kaum

Missbilligung mitschwang, schien auch die Fremde zu merken, dass sie so etwas wie einen Fehler begangen hatte und fügte: „… für den Anfang", hinzu.

„Keine Sorge", versicherte Ma, „es wird schon noch voller."

Barbara schenkte ein Glas Mineralwasser ein und brachte es der jungen Frau. Ihre Hände zitterten, als sie das Glas vor ihr auf die Theke stellte. Was war los mit ihr? Normalerweise hätte Barbara der Frau ein Kölsch dazu gestellt oder gar ein Glas Sekt, aufs Haus, versteht sich, und hätte angefangen, mit ihr zu plaudern. Aber jetzt? Sie war plötzlich so befangen, so gehemmt, dass sie der Frau kaum in die Augen sehen, geschweige denn, ihr ein Lächeln oder ein freundliches Wort schenken konnte.

Irritiert von sich selbst ging sie zurück an die Spüle und polierte wieder ein paar Gläser. Ein Anfall von Schüchternheit, dachte Barbara, so muss es also Menschen gehen, die schüchtern sind. Nicht schön. Ich fühle mich richtiggehend unbehaglich. Als hätte ich ein schlechtes Gewissen, dabei habe ich ihr doch gar nichts getan. Noch nicht zumindest.

„Seit wann bist du schüchtern, Babs?", meinte sie plötzlich ihre Mutter zu hören, Spott in der Stimme. „Du doch nicht!" Barbara hob den Blick vom frisch polierten Glas und sah zu der Fremden hinüber. Sie saß ganz still vor ihrem Mineralwasser und sah sichtbar ein- und ausatmend vor sich hin. Sie fühlt sich auch unbehaglich, erkannte Barbara. Naja, es ist nach neun und immer noch nichts los, sie ist fremd hier …

In diesem Moment sah das Mädchen hoch, begegnete Barbaras Blick und lächelte.

Dieses Lächeln war weit entfernt von dem offenen, freudestrahlenden Lächeln eines kleinen Mädchens, und es folgte auch kein stürmisches, ungelenkes Winken, aber diese eine Sekunde genügte und Barbara erinnerte sich an alles. Ganz deutlich sah sie das Nachbarskind wieder vor sich, wie es sie angestrahlt und ihr mit einem Patschhändchen zugewunken hatte, so rückhaltlos und freudig, wie es nur Kinder können. Mareike, dachte Barbara und schluckte, das ist Mareike.

In diesem Moment schlug das Mädchen an der Theke die Augen nieder und der Moment war vorüber. Aber Barbara war sich ganz sicher. Sie wusste nur nicht, wie sie nun vorgehen sollte. Also wandte sie sich wieder den Gläsern zu und ging in Gedanken zurück an jenen Tag, an dem sie Mareike das erste Mal gesehen hatte. Dann erinnerte sie sich an das Warten und Hoffen und Bangen. An das zweite Mal, als sie sich zugewunken hatten … und Barbara sah sich wieder hochschaukeln, immer höher und höher, bis die rotbraune Haustür in Sicht kam.

„Schläfst du?", fragte Ma. „Drei Kölsch!"

„Entschuldige", antwortete Barbara und zapfte drei Stangen, die sie an einen Tisch zu einem Frauenpaar brachte, das von einem Mann begleitet wurde. Barbara kannte zwar den Mann nicht, aber Angelika und Ulrike waren Stammgäste und Barbara plauderte ein paar Worte mit ihnen. Es stellte sich heraus, dass der Mann Ulrikes Bruder war, der in der Nähe von Hannover lebte und jetzt eine Stippvisite machte.

„Ich hätte wohl schon viel früher einmal kommen sollen", sagte er anzüglich und zwinkerte Barbara zu.

„Das hätte auch nichts genützt", antwortete Barbara lakonisch und die Frauen lachten.

Auf dem Weg zurück zur Theke stellte Barbara fest, dass Mareikes Platz hinter dem angetrunkenen Glas Mineralwasser leer war.

„Wo ist sie hin?", fragte sie Ma.

„Wo wird sie wohl hin sein?", fragte Ma und verdrehte die Augen.

Tatsächlich war Mareike auf die Toilette gegangen. Sie hatte niemanden nach dem Weg fragen müssen, denn sie hatte die Tür von ihrem Thekenplatz aus sehen können. Nicht, dass sie dringend gemusst hätte, aber ihr war langweilig und sie wollte die Zeit überbrücken, bis im George Sand etwas los wäre. Die einzige Toilettenkabine war ohnehin besetzt.

Also stellte sich Mareike vor den Spiegel und zupfte sich ihr blondes Haar zurecht, dann zog sie feinsäuberlich den orangefarbenen Lippenstift nach. Der dicke schwarze Lidstrich, der in einem kessen Schwalbenschwanz endete, stimmte noch.

Während Mareike noch prüfend in den Spiegel starrte, wurde plötzlich die Tür der Toilettenkabine von innen aufgerissen und von einem Moment auf den anderen stand eine etwa dreißigjährige Frau so dicht vor Mareike, dass es ihr die Luft nahm.

„Schau", sagte die Frau und öffnete in Windeseile ihre weiße Bluse, unter der sie einen roten Balconette-BH mit schwarzer Spitzenverzierung trug. „Wie findest du den?", fragte sie und griff sich dabei mit ihrer Linken an die rechte Brust, hob sie aus dem Körbchen und zeigte mit der Brustwarze Richtung Mareike. Es war nicht auszumachen, ob die Frau nach ihrem BH oder ihrem Busen gefragt hatte, aber Mareike hatte genug gesehen. Sie schnappte sich ihre Handtasche und lief wortlos nach draußen, quer durch das Lokal, an Barbara vorbei und hinaus an die frische Luft.

Barbara sah ihr erschrocken nach und dann in die Richtung, aus der Mareike geflüchtet war. Sie erkannte Herta, die gerade aus der Toilettentür trat und breit grinste. „Hast du ihr etwa deine Titten gezeigt?", brüllte Barbara und als Herta stolz nickte, riss sich Barbara die Bierschürze vom Leib und stürzte Mareike hinterher.

Sie rannte nach links und sah in den Mauritiussteinweg, dann drehte sie um und lief nach rechts bis zum Rinkenpfuhl, aber sie konnte Mareike nirgends mehr entdecken. Völlig außer Atem kam sie zurück ins George Sand.

„Ist sie weg?", fragte Ma.

Barbara nickte.

„Und wer zahlt jetzt das Mineralwasser?" Ma sah Herta halb konsterniert, halb amüsiert an.

„Das übernehme ich", sagte Barbara und zog langsam ihre Bierschürze wieder an. Sie fühlte sich hundeelend, während die meisten anderen Frauen im Raum grinsten.

DER FALSCHE SEX

„Wo bist du gewesen? Ich habe das ganze Wochenende versucht, dich zu erreichen!", sagt Alex vorwurfsvoll am Telefon zur Begrüßung.

„Wieso, war was Wichtiges?", frage ich zurück.

„Nein, nicht wirklich", antwortet Alex gedehnt. „Ich hatte ein wenig Langeweile."

„Nur langweiligen Menschen ist langweilig", zitiere ich sie. „Hast du selbst mal behauptet. Was ist mit Yvette?"

„Die war bei ihrer Familie im Elsass."

„Wollte sie dich nicht mitnehmen?"

„Was soll ich da?", mault Alex. „Langt ja, wenn ich ihre Familie bei der Hochzeit kennenlerne."

„Du willst sie heiraten?" Ich bin regelrecht geschockt.

„Unsinn", wischt Alex meine Idee vom Tisch. „Das will ich eben nicht. Wieso sollte ich dann ihre Eltern kennenlernen?"

Das ist ganz die Alex, die ich kenne. Es hätte mich doch sehr gewundert, wenn sie sich in so kurzer Zeit festgelegt hätte. „Falls du jemals deine Meinung änderst, streue ich Blumen", verspreche ich und grinse.

„Und wo warst du nun an diesem Wochenende?"

„In Würzburg."

„Was machst du denn in Würzburg? Und wieso hast du mich nicht gefragt, ob ich mitkommen will? Ich war schließlich Strohwitwe ...", empört sich Alex.

„Dich konnte ich dort nun wirklich nicht gebrauchen. Ich habe mich mit einer Lesbina getroffen."

„Ach. Und wann wolltest du mir das erzählen?" Alex spielt nur noch die Empörte und wir kichern beide schon wieder beim Sprechen.

„Na, jetzt!"

„Dann ist ja gut! Aber bitte von Anfang an. Was hat dir an ihr gefallen?"

„Sie hatte unheimlich witzige Texte auf ihrem Account. Das hat mich angesprochen. Optisch war sie so gar nicht mein Typ, aber ich mag Frauen, die witzig sind."

„Ich weiß", seufzt Alex. „Du bist so durchschaubar, meine Liebe! Wenn eine Frau dich kriegen will, muss sie dich anschmachten oder intelligente Witze reißen."

„Na, immerhin habe ich ein paar Kriterien", verteidige ich mich und spiele gleichzeitig auf alle Frauen an, von denen wir wissen, dass sie völlig wahllos zugreifen würden, wenn sich nur endlich eine Gelegenheit böte. Wir kichern wieder.

„Zuerst hat sie meinen Account besucht und ich dann ihren. Ich habe sie daraufhin angeschrieben, wir haben ein paar Mal hin und her gemailt, und schon haben wir telefoniert", erzähle ich weiter.

„Lass mich raten, am Telefon war sie noch witziger." Alex' Stimme trieft vor Spott.

„Ja, allerdings und sie hat so süß geallgäuert."

„Sie hat was?"

„Sie sprach allgäuerisch, genauer gesagt: ostallgäuerisch. Sie kommt aus Füssen."

„Allgäuerisch", wiederholt Alex. „Also, Worte gibt es …"

„Nach dem Telefonat haben wir uns WhatsApp-Nachrichten geschickt. Die waren auch witzig. Es waren richtige Rebusse."

„Heute hast du es aber mit den Fremdwörtern."

„Na, so Bilderrätsel. Also zum Beispiel bin ich ja Löwe im Sternzeichen und sie ist Steinbock. Da hat sie mir beispielsweise eine Nachricht geschickt, die bestand aus einem Steinbock, einem turnenden Mädchen, einem Löwen, einem Bett mit einem Männchen drin, einem schnarchenden Gesicht und einem Fragezeichen."

„Aha", sagt Alex ein wenig verständnislos. Hätten wir nicht telefoniert, hätte ich ihr so eine Nachricht zeigen können, sie hätte sie bestimmt gleich verstanden.

„Das heißt übersetzt", erkläre ich daher, „dass sie – der Steinbock - jetzt noch im Fitnessstudio ist, während ich – die Löwin - bestimmt schon ins Bett gegangen bin und womöglich bereits schlafe. Dann habe ich ein erstauntes Emojigesicht, ein ‚tststst' und einen Telefonhörer zurückgeappt und schon hat sie angerufen."

Alex lacht. „Sehr witzig", bestätigt sie.

„Und nachdem das eine Weile so hin und her ging, haben wir uns spontan für das Wochenende verabredet. In einem Hotel in Würzburg, weil das genau in der Mitte zwischen Köln und Füssen liegt."

„Und, ist es jetzt die große Liebe?"

„Nein, wir sehen uns nicht mehr."

„Ach, und warum nicht?"

„War nicht mein Sex", antworte ich knapp.

Pause. Dann sagt Alex bedeutungsschwanger: „Das ging mir auch mal so."

Ich horche auf. „Ach, wann denn?", frage ich also.

„Das ist schon ewig her!", erzählt Alex. „Ich weiß gar nicht, ob ich das noch so richtig zusammenbekomme. Ich war jedenfalls jung und neugierig und sie war ein Transgender."

„Operiert?"

„Nein, das war damals noch nicht so … ich sage mal … populär wie heute. Damals haben sich die Frauen einfach Männerklamotten angezogen und einen auf dicke Hose gemacht."

„Woher kanntest du sie … äh … ihn?"

„Jetzt müssen wir wohl ‚divers' sagen. Also, ich habe ‚divers' im Candida kennengelernt und mich abschleppen lassen."

„Ui, dann ist das aber wirklich schon ewig her", räume ich ein. Dabei kann ich mir das so richtig vorstellen, wie Alex, weiblich, sinnlich und immer auch ein bisschen bi, im Candida an der Theke mit einer Transgender anbandelt und sich mit nach Hause nehmen lässt. „Und dann?"

„Dann legte sie sich bei sich zuhause aufs Bett und meinte: ‚Los, blas' meinen Schwanz!' und das hätte ich vielleicht sogar gemacht, wenn sie einen gehabt hätte, aber das war so absurd – da bin ich einfach gegangen."

„Ich fasse es nicht", sage ich und schüttle den Kopf. „Mir ist so etwas noch nie passiert."

„Natürlich nicht, Dummie. Du hast es doch eh mit den Mädels und nur mit den Mädels."

„Na, so ganz stimmt das nicht. Meine allgäuernde Füssenerin beispielsweise war auch recht … ich sag mal: forsch."

„Oh, da war wohl Schluss mit lustig", fasst Alex es korrekt zusammen. „Aber wie hätten Madame ihren Sex denn gerne?"

„Naja …", ich zögere, denn trotz meiner losen Zunge bin ich in manchen Dingen überaus diskret. Aber dann finde ich das richtige Wort: „Intimer."

„Du hättest den Sex gerne intimer gehabt?", hakt Alex nach, aber sie versteht. „Na, sie wird wohl kaum mit ein paar Apparatschaften in dein Zimmer gestürmt sein und einfach losgelegt haben. Entweder bist du eine größere Kuschelmaus, als ich vermutet hätte oder dir kann es einfach keine recht machen!"

Ich brummle ein bisschen und tue beleidigt, aber sie hat ja recht. Ich bin eine ziemliche Kuschelmaus und recht machen kann es mir wohl auch keine.

„Du hättest mich doch besser mitnehmen sollen", lacht Alex jetzt lauthals.

„Ja, du hättest vermutlich mehr mit ihr anfangen können", behaupte ich und stelle es mir gleich lebhaft vor. Eine Pause entsteht.

„Neues Spiel, neues Glück", sagt Alex schließlich. Mit mehr Trost ist bei ihr nicht zu rechnen.

„Ja, ist schon in Arbeit", gestehe ich.

„Wie heißt sie?"

„Ist noch nicht spruchreif", weiche ich aus. Nach meiner letzten Pleite habe ich es nämlich überhaupt nicht eilig.

„Was gibt es Neues von Mareike und Katrin?", wechselt Alex brav das Thema.

Ich stürze mich sofort darauf, obwohl ich gar nicht viel erzählen kann: „Ich habe nur kurz mit Mareike gesprochen, sie fühlte sich nicht wohl, aber sie erwartete Besuch von der Oberärztin."

„Von der Oberärztin?" Alex hört sich so an, als krame sie in ihrem Gedächtnis nach einer Erinnerung.

„Ja, von Brunhilde. Sie ist allerdings keine Oberärztin, sie ist noch nicht einmal Ärztin, sondern arbeitet in der Gastronomie. Hat mehrere Lokale und Restaurants in verschiedenen Städten und fährt dauernd durch Deutschland, um sich darum zu kümmern. Angefangen hat sie mit einem fahrenden Hähnchenbratbetrieb, dann übernahm sie ein paar Kneipen und ist mittlerweile Selfmade-Millionärin …"

„Wieso nennt ihr sie dann immer Oberärztin?", unterbricht Alex meinen Redefluss.

„Oberärztin nennen wir sie, weil sie zu jedem Date mit einem Köfferchen aufkreuzt, das Toys enthält, die an medizinische Gerätschaften erinnern: verschiedene Spekula beispielsweise oder auch Brustwarzenklammern … Genaueres kann ich dazu nicht sagen, denn ich hatte nie das Vergnügen."

Alex lacht. „Und, was meinst du, wer von den beiden hatte schon das Vergnügen? Mareike oder Katrin?"

„Ich habe keine Ahnung", antworte ich wahrheitsgemäß. „Keine von ihnen, denke ich."

Da täusche ich mich, aber es dauert noch eine Weile, bis ich das erfahre.

DER TAG DANACH

In der Nacht zum Montag schlief Mareike schlecht. Zuerst ließ sie einfach nur das Wochenende Revue passieren, aber dann wurden ihre Gedanken immer düsterer und verworrener, wobei sie sich hin- und her wälzte. Jetzt war sie froh, dass Katrin und sie getrennte Schlafzimmer hatten, denn mit all dem, was sie aufzuarbeiten hatte, war Mareike doch lieber alleine.

Mareike beschäftigten nicht nur die Gedanken und Erinnerungen an die aufregenden Stunden, sondern sie versuchte auch, das vergangene Wochenende und damit seine Bedeutung für ihr weiteres Leben zu bewerten. Sie war erstaunt, wie sehr sich ihr schlechtes Gewissen gegenüber Katrin mittlerweile in Grenzen hielt. Nachdem sie die vergangenen zwei Tage und Nächte betrachtet und durchdacht hatte, kam sie zu dem Schluss, dass hinter den Fragen „War es das wert?" und „Ist es das wert?" alles auf einen weiteren Fragenkomplex hinauslief: „Wie lebe ich, wie will ich leben? Was bin ich bereit, aufzugeben? Will ich etwas verändern und wenn ja, was?"

Mit diesen Fragen fiel sie in einen unruhigen Schlaf, aus dem sie morgens gegen zwei Uhr erwachte, weil sie keine Luft mehr bekam. Sie hatte Halsschmerzen und ihre Nase war verstopft. Ganz toll, jetzt bekomme ich auch noch eine Erkältung, dachte sie und schlich sich leise ins

Badezimmer. Dort fand sie im Medizinschränk-chen ein noch originalverpacktes Nasenspray und einen Blister Isla Moos Halspastillen. Sie nahm beides mit in ihr Schlafzimmer, steckte sich eine Pastille in den Mund und packte das Nasenspray aus. Es war die reinste Chemiekeule, aber bei ei-ner verstopften Nase hörte der Spaß auf. Mareike sprühte sich je einen kräftigen Hub in jedes Na-senloch, schniefte, hielt einen Moment die Luft an und putzte sich danach die Nase. Dann legte sie sich hin und versuchte, weiterzuschlafen. Doch gleich darauf schloss sich ihre Nase erneut. Ent-nervt richtete sich Mareike auf, stopfte sich ein rie-siges Kissen in den Rücken und kam zum Sitzen. Sofort atmete sie leichter. Mareike schloss die Au-gen und war froh, dass auch Barbara nicht an ih-rer Seite lag. Dich könnte ich jetzt auch nicht ge-brauchen, dachte sie.

Bleiern kippte ihr Kopf auf die Seite. Da sitze ich nun, dachte Mareike, während sie geräuschvoll röchelnd atmete, das ist also mein Leben, da sitze ich nun, und bin ganz allein. Mit dieser Gefühls-mischung aus Selbstmitleid und Hoffnungslosig-keit schlief sie schließlich ein.

Völlig verschnupft und mit verquollenen Augen wachte sie morgens auf. Mareike fühlte sich elend und wäre am liebsten liegengeblieben, aber sie er-innerte sich, dass sie Patiententermine hatte, was leider noch nicht allzu oft vorkam. Sie hatte die Ausbildung zur Heilpraktikerin erst vor ein paar

Jahren beendet und als sie dann nach einer Praxis für sich suchte, hatte sie enttäuscht feststellen müssen, dass sie nicht die einzige Frau in Gaggenau war, die während ihrer Wechseljahre das Gefühl hatte, sie müsse auch den Beruf wechseln.

Mareike war bei einem Physiotherapeuten untergekommen, der ein Zimmer mehr angemietet hatte als er tatsächlich brauchen konnte, und hatte dort angefangen, Patienten zu werben. Ihre Schwerpunkte lagen auf Homöopathie und Pflanzenheilkunde, aber sie merkte schnell, dass den meisten Menschen schon geholfen war, wenn ihnen jemand Zeit und Aufmerksamkeit schenkte. Genau darin lag ihr wahres Talent: Sie konnte nicht nur gut zuhören, sondern auch das Gehörte so zurückgeben, dass ihre Patienten sich sofort verstanden fühlten. Die meisten kamen daher immer wieder, selbst wenn eine Therapie nicht sofort anschlug. Dennoch hätten es gerne ein paar Patienten mehr sein können. Die Praxis arbeitete zwar kostendeckend, aber noch lebte Mareike von ihren Ersparnissen.

An diesem Vormittag sorgten ihre beiden Patientinnen für eine gewisse Ablenkung, aber Mareike ertappte sich dabei, wie sie ständig in einen stummen Dialog mit Barbara trat. Schau, das ist meine Patientin Elena, Diagnose Brustkrebs triple negativ, Prognose ungünstig. Sie weiß, dass ich ihr nicht helfen kann, aber sie kommt trotzdem. Es tut ihr gut, mit mir zu reden. Schau, das mache ich, so lebe ich. Nicht schlecht für jemanden, der nicht studiert hat! Und das ist meine Patientin Sophie-Marie, sie leidet an Allergien und Schwindelattacken, aber wenn du mich fragst, leidet sie einfach an diesem Leben. Ich kann das verstehen, ich leide auch manchmal an meinem Leben. Kennst du das auch, Barbara? Sie sah plötzlich Barbara vor sich, aber sie sah nicht mehr die üppigen fleischigen Bilder, sondern sie erinnerte sich an Momente, in denen Barbaras Gesicht abweisend geworden war, in denen sie die Lippen aufeinandergepresst und sich weggedreht hatte. Eine tiefe Traurigkeit durchflutete Mareike. So. Das war also ihr Leben?

Gegen Mittag überfiel sie wieder die bleierne Müdigkeit des Morgens und mit ihr kamen alle Erkältungssymptome. Der Gedanke, dass sie am Abend Besuch bekommen würden, unterbrach für einen Moment Mareikes Gedankenkarussell. Brunhilde hatte sich angemeldet. Die Oberärztin. Mareike schüttelte erst gedankenverloren den Kopf, dann ging ihr die Luft aus und sie musste niesen. Ich habe die Nase voll, dachte sie, ich habe sowas von die Nase voll.

Es war gar nicht so, dass Mareike Brunhilde nicht gemocht hätte, aber besonders sympathisch war sie ihr auch nicht. Eher suspekt. Brunhilde war eine gewiefte Geschäftsfrau und ein Hansdampf in allen Gassen. Aber liebenswert und gebildet war sie nicht. Sie kam nie mit leeren Händen, aber ihre teuren Mitbringsel trafen selten den

Geschmack der Beschenkten. So brachte sie beim letzten Mal einen erlesenen Cognac und beim vorletzten Mal eine riesige Schachtel Lauensteiner Nougat-Auslese mit. Weder Mareike noch Katrin mochten Cognac; sie gaben Gin oder Whiskey den Vorzug. Zudem litt Katrin an einer schweren Nussallergie. Eine einzige Nougatpraline hätte ihr einen anaphylaktischen Schock und mindestens eine Nacht im Krankenhaus eingebracht.

Auch entspanntes Plaudern war mit Brunhilde undenkbar. Ihre Gesprächsthemen bewegten sich grundsätzlich immer um ihre jüngsten Eroberungen oder es ging um ihre Restaurants, deren Personal und deren betriebswirtschaftlichen Erwägungen. Nichts davon interessierte Mareike und selbst Katrin, die Ingenieurin und intellektuellere von ihnen beiden, konnte kaum mitreden.

Weshalb also lud Katrin Brunhilde wieder und wieder ein? Es war Mareike ein Rätsel, zumal sie noch immer nicht wusste, wie die beiden sich kennengelernt hatten. Als Katrin plötzlich anfing, die Oberärztin in ihr Zuhause einzuladen, hatte Mareike gefragt, woher sie Brunhilde kenne. „Noch von früher", hatte Katrin ausweichend geantwortet. Doch früher lebte Katrin in der Nähe von Rostock und Brunhilde hatte ihre Restaurants im Süden und Westen Deutschlands.

Als sie einmal einen besonders langatmigen Abend miteinander verbracht hatten, hatte

Mareike gefragt: „Warum laden wir eigentlich immer die Täterin ein und niemals die Opfer?" Sie spielte damit auf die vielen Frauen an, von denen Brunhilde erzählt hatte: Wie sie sie kennengelernt und wie sie sie verlassen hatte.

Katrin hatte Mareike erstaunt angesehen, dann geschmunzelt und schließlich versöhnlich geantwortet: „Weil sie so schön darunter leidet!"

Tatsächlich gelang Brunhilde ständig der Spagat, sich einerseits mit ihren Eroberungen zu brüsten, sich aber andererseits darüber zu bekümmern, dass keine Beziehung lange hielt. Meist schlugen ihr die Frauen nach einer Weile die Tür vor der Nase zu – und bei der nächsten Gelegenheit kam Brunhilde dann zu Mareike und Katrin und weinte sich aus.

Anfangs hatte Mareike noch ihr Zuhör-Gen eingesetzt, um diese Abende zu überstehen, aber jetzt merkte sie, dass sie das längst nicht mehr wollte. Wie lebe ich? Wie will ich leben? Ist das mein Leben? Einmal im Monat Brunhilde zu Gast, die von rauschenden Partys, wilden Nächten und unendlich tiefen Abstürzen erzählt? Mareike seufzte bei der Vorstellung, jetzt auch noch für den Abend einkaufen gehen zu müssen.

Da Katrin einen Ganztagesjob hatte und sie nicht, blieben diese Arbeiten an ihr hängen. Mareike beklagte sich normalerweise nicht darüber. Solange sie diejenige war, die einkaufte, solange hatte sie auch die Kontrolle über die Qualität der Lebensmittel, die bei ihnen zuhause auf den Tisch kamen. Mareike hatte es gerne gesund, biologisch und frisch. Katrin überließ diesen Teil der Haushaltsführung daher vernünftigerweise Mareike, auch wenn ihr selbst Fast Food völlig genügt hätte.

Dass Mareike alleine einkaufen musste, bedeutete aber nicht, dass sie alleine in der Küche stehen würde. Wie immer, wenn sie Gäste hatten, beteiligte sich Katrin an den Vorbereitungen. Meist half sie beim Gemüseschnippeln, deckte den Tisch und kümmerte sich um die Getränke, um dezente Beleuchtung und um Loungemusik zur Untermalung. Die beiden arbeiteten so vertrauensvoll Hand in Hand, dass selbst vor großen Gesellschaften keine in Stress kam.

Dennoch war Mareike heute nervös. Ihr fielen ständig tausend Dinge ein, die sie an diesem Abend lieber gemacht hätte. Will ich so leben? Ist das hier, wovon ich immer geträumt hatte? Sie hatte kurz mit Barbara telefonieren, aber nicht wirklich mit ihr sprechen können, dazu hatten beide zu wenig Zeit gehabt. Außerdem fühlte sich Mareike wirklich nicht wohl.

Das Essen, das sie an diesem Abend mit Katrin kochte, war betont schlicht. „Wenn Brunhilde ein Fünfsternemenü möchte, soll sie sich in ihren eigenen Restaurants an den Tisch setzen", hatte

Mareike einmal Katrin erklärt, die einsichtig genickt hatte. Es war Brunhilde gewesen, die an diesem Abend das Essen über den grünen Klee gelobt hatte, gerade weil es so schlicht und doch so lecker gewesen war.

Heute gab es jedenfalls grüne Nudeln mit einem Tomaten-Oliven-Pesto, das Mareike frisch zubereitete, dazu einen Salat aus Wildkräutern und gerösteten Walnüssen. Katrin hatte einen herben Rotwein dekantiert und eine Karaffe Wasser auf den Tisch gestellt.

„Ich habe da so eine Patientin", begann Mareike, als sie nebeneinander in der Küche wurstelten. „Sie heißt Elena, ich weiß nicht, ob ich dir schon von ihr erzählt habe, sie ist die Tante von Margarete, unserer Nachbarin …"

„Nein, nicht dass ich wüsste", antwortete Katrin.

„Sie war heute bei mir in der Praxis und …"

„Möchtest du mir das nicht lieber ein anderes Mal erzählen?", fragte Katrin. „Brunhilde kommt bestimmt gleich."

„Natürlich", antwortete Mareike, strich eine Haarsträhne hinter ihr rechtes Ohr und arbeitete weiter an ihrem Pesto. Ihr war zum Heulen, aber sie wusste selbst nicht, wieso. Katrin hatte ja recht, jetzt war nicht der richtige Zeitpunkt zum Reden. Aber wann war schon der richtige Zeitpunkt? Wir reden in letzter Zeit gar nicht mehr! „Ich möchte es aber erzählen", fügte sie deshalb bockig hinzu.

„Nicht jetzt, Schatz", sagte Katrin und küsste flüchtig ihr Haar. „Später."

In diesem Moment klingelte es. Der Blumenstrauß, den die stattliche Brunhilde mitgebracht hatte, war kaum kleiner als sie selbst. Mareike erschrak, als ihr das Ungetüm in die Hände gedrückt wurde. Wer um Gottes Willen hat denn so eine große Vase, fragte sie sich, während sie den Strauß in die Spüle stellte und begann, einen leeren Eimer zu suchen.

Katrin war unterdessen mit Brunhilde ins Esszimmer gegangen. Bis Mareike einen Eimer gefunden und den Strauß hineingestellt hatte, waren die beiden schon beim Aperitif und stießen mit einer bräunlichen Flüssigkeit in großen Schwenkern an. Als sich Mareike abgehetzt zu ihnen gesellte, schenkte Katrin ein weiteres Glas ein und drückte es ihr in die Hand. Vorsichtig roch Mareike daran, während die anderen ihr zuprosteten. Sie hatte es befürchtet: Es war Cognac, vermutlich der, den Brunhilde vorletztes Mal mitgebracht hatte.

„Seit wann trinken wir denn Cognac als Aperitif?", fragte sie irritiert.

„Ich brauchte dringend einen Schnaps", antwortete Brunhilde und kippte ihr Glas ab.

Um nicht unhöflich zu wirken, nahm auch Mareike einen vorsichtigen Schluck. Er schmeckte nach Seife.

„Mädels, wo kann ich bei euch rauchen?", fragte Brunhilde in die Runde und Katrin antwortete: „Ach, du rauchst wieder?"

Dieser Satz versetzte Mareike einen Stich. Er klang so vertraut, als wären die beiden vor nicht allzu langer Zeit einmal ein Paar gewesen. Wann soll denn das gewesen sein, schalt sie der vernünftigere Teil von Mareike, während sie anfing, einen Aschenbecher zu suchen. Katrin zeigte unterdessen Brunhilde den Weg zur Terrasse, den sie eigentlich hätte kennen müssen, weil sie alle erst kürzlich draußen zusammengesessen hatten.

„Ich bin ziemlich durch den Wind", meinte Brunhilde.

Sie ist auch nicht mehr die Jüngste, dachte Mareike gehässig, ihr Gedächtnis lässt nach. Und ich habe Halsschmerzen und Fieber, wieso sitze ich eigentlich hier?

„Das merkt man", sagte Katrin lächelnd zu Brunhilde, „jetzt komm erst mal runter und dann reden wir in Ruhe."

Später, als jede vor einem riesigen, grün gefüllten Pastateller saß, rückte Brunhilde mit der Sprache heraus. „Ihr wisst, dass ich ein Kind habe?", fragte sie, während sie Bandnudeln um ihre Gabel rollte.

„Du hast ein Kind?", fragte Katrin interessiert zurück. „Das wusste ich gar nicht."

Ein Kind, dachte Mareike, das auch noch, oh je, das wird ein anstrengender Abend, aber dann fragte sie doch: „Ein leibliches? Junge oder Mädchen?" Die Antwort konnte sie schon nicht mehr hören, weil sie im nächsten Moment einen Hustenanfall bekam. Ihr Kopf lief rot an und sie rang sichtlich nach Luft, während ihr Körper von Hustenanfällen geschüttelt wurde.

„Warte, Brunhilde", sagte Katrin in diesem Moment entschieden und sprang auf, um zu Mareike zu gehen, die ebenfalls aufgestanden war und sich hustend vor dem Esstisch krümmte. „Möchtest du dich nicht lieber hinlegen?", fragte sie sanft und Mareike nickte mehrmals heftig.

Ein paar Stunden später wachte Mareike auf, als sie hörte, wie Katrin sich in ihr Schlafzimmer schlich, die Bettdecke anhob und sich von hinten an sie anschmiegte.

„Ist sie weg?", fragte Mareike heiser. Ihre Halsschmerzen hatten zugenommen und sie wunderte sich, dass sie überhaupt ein Wort herausbrachte.

„Ja, endlich", flüsterte Katrin, die vorsichtig die Löffelchen-Position einnahm.

„Lass doch", murmelte Mareike mit belegter Kleinmädchenstimme, „ich bin sicher ganz verschwitzt."

„Das macht nichts", sagte Katrin liebevoll und schmiegte sich noch enger an sie.

„Was war das jetzt mit dem Kind?", krächzte Mareike.

„Psssst, das erzähle ich dir alles morgen. Unter dem Siegel der Verschwiegenheit, versteht sich. Sie hat es mal wieder ganz besonders geheimnisvoll gemacht."

Mareike kicherte, wobei ihr Körper bebte, und auf Katrin übersprang, die ebenfalls kichern musste. Dann presste Katrin Mareike fest an sich: „Du bist so heiß, hast du Fieber, du Arme?"

„Ein wenig", antwortete Mareike leise.

„Brauchst du was?"

„Schlaf", antwortete Mareike.

„Sollst du haben, Liebes", versprach Katrin, „Ich halte ganz still. Gute Nacht und schlaf schön, werde ganz bald gesund! Und morgen erzählst du mir von deiner Patientin!"

„Gute Nacht", murmelte Mareike selig und glitt in einen traumlosen, erholsamen Schlaf.

Als sie am nächsten Morgen erwachte, war sie allein. Katrin war längst zur Arbeit gefahren und hatte sie ausschlafen lassen. Mareike lächelte. Ihre Halsschmerzen waren erträglich und die Nase weitgehend frei. Nur ihre Lunge pfiff noch ein wenig, wenn sie tief einatmete. Dennoch spürte

Mareike, wie sich ein tiefes Glücksgefühl in ihr ausbreitete. Kein Zweifel: Sie war wieder in ihrem Leben angekommen. Etwas lädiert, aber immerhin.

Sie würde das mit Barbara beenden. Ganz bestimmt.

WANDERN

„Mehr weiß ich aber auch nicht." Mit diesen Worten schließe ich am Telefon meinen Bericht über Mareike, Katrin und die Oberärztin ab.

„Du hast keine Ahnung, worüber die beim Abendessen gesprochen haben. Das Kind?", hakt Alex nach. Irgendwie findet sie mit ihrem Zeigefinger immer direkt meine wunden Stellen.

„Doch, ein paar Dinge hat mir Mareike schon anvertraut, allerdings unter dem Siegel der Verschwiegenheit."

„Unter diesem Siegel kannst du es mir es ja eigentlich auch erzählen", meint Alex.

„Aber ganz bestimmt nicht!", antworte ich fest.

„Naja, das gibt dann vielleicht mal ein weiteres Buch?", neckt mich Alex.

Warum nicht, denke ich, wenn erst einmal ein wenig Gras über alle Tollheiten gewachsen ist, dann geben das Abendessen mit Brunhilde und ihr ominöses Kind ein paar interessante Kapitel her. Stattdessen sage ich: „Ich frage mich allerdings auch, woher sich Katrin und die Oberärztin kennen. Sie haben wirklich wenig Berührungspunkte. Katrin ist in der Nähe von Rostock groß geworden. Wie kommt die an Brunhilde?"

„Das kann ich dir verraten", behauptet Alex.

„Ach, echt jetzt?" Ich bin wirklich erstaunt. „Du kannst zu diesem Kapitel etwas Erhellendes beitragen? Und warum hast du das nicht schon längst getan?"

Alex lacht ihr perlendes Lachen. „Och …", weicht sie erst aus, dann atmet sie tief ein und fragt: „Deal?"

„Was für ein Deal?", frage ich misstrauisch zurück.

„An der Stelle vorhin, als es um ‚neues Spiel, neues Glück' ging, bist du mir ausgewichen. Da läuft doch was. Ich will wissen, was!"

„Ah, du meinst, als ich sagte, es wäre noch nicht spruchreif. Du wirst lachen, es ist wirklich noch nicht spruchreif. Ich weiß auch noch gar nicht, ob ich hingehe."

„Ach, es geht schon um ‚hingehen oder nicht hingehen', also ist da doch schon etwas im Busch. Erzähl! Dann erzähle ich dir meine Geschichte auch!"

Mir scheint das kein sonderlich gerechter Deal zu sein, schließlich bin ich immer diejenige, die etwas zu berichten hat, während Alex gerade ihre monogame Phase auslebt und schweigt. Aber ich will kein Spielverderber sein und wie ich bereits erwähnte, freue ich mich ja schließlich auch darüber, dass sich überhaupt jemand für mich und

mein kleines Leben interessiert. „Okay, Deal!",
sage ich also und erzähle ihr von Angela.

Angela hatte mich in einer Wandergruppe bei
Lesbinas.de entdeckt und angeschrieben. Sie
wohnte in der Nähe von Wuppertal und fragte
schlicht, ob ich mit ihr wandern ginge. Kein gro-
ßes Hallo, keine Eigenwerbung, einfach nur die
Frage, ob ich mit ihr wandern würde. Sie ginge
normalerweise alleine, aber das müsse ja nicht immer so sein. „Warum nicht?", schrieb ich etwas
verhalten zurück, denn ich hatte mich gerade für
Würzburg verabredet und nur diese eine Unbekannte im Kopf.

Dann aber las ich ihr Profil und wurde immer in-
teressierter. Auch ihre Fotos gaben höchstens Fantasien für vage Vermutungen her, aber sie hatte
anscheinend lange dunkle Locken und einen
sportlichen Körper.

„Du bist so durchschaubar", wiederholt Alex an
dieser Stelle, aber ich lasse mich nicht beirren, obwohl es ein wenig abfällig geklungen hat, und erzähle weiter.

Angela war außerdem zweiundzwanzig Jahre
jünger als ich, hatte promoviert und sprach vier
Sprachen. Als ich das las, bildeten sich über meinen Kopf Denkblasen mit vielen Fragezeichen.
Was wollte eine junge, so überaus gebildete Frau
von mir? Wandern? Zugegeben, ich wandere
gerne und nehme es rein fußtechnisch sicher auch

mit jüngeren Frauen auf, aber war das alles? Meine Neugierde war erwacht und ich schlug ihr vor, uns in Hahn zu treffen und die Grube-7-Runde um die Düssel zu laufen. Treffpunkt Wanderparkplatz Hahnenfurther Weg.

„Kennst du die Wanderung?", fragt Alex.

„Nein, aber ich wollte sie schon immer mal laufen. Sind nur etwas über zwölf Kilometer bei 150 Höhenmetern, das kann man in drei Stunden schaffen, wenn man es eilig hat, weil einen die Mitläuferin langweilt."

„Und wenn nicht?"

„Kann man zwischendurch und am Ende einkehren."

„Klingt gut", sagt Alex.

„Klang gut", sage ich.

Angela war einverstanden und gab mir ihre Handynummer, damit wir die Details nicht über Lesbinas.de abklären mussten. Ich schickte ihr sofort eine WhatsApp mit einem Link zur Grube-7-Tour und bekam zur Antwort: „Schön, dass du dich meldest! Danke auch für den Link, ich sehe ihn mir nachher näher an. Ich melde mich dann morgen!"

Am nächsten Morgen kam tatsächlich eine weitere, etwas längere Nachricht: „Das ist wirklich eine leichte, nette Tour und gut für ein

Kennenlernen geeignet. Ich bin noch nie mit einer ‚Fremden' gelaufen, aber bei gegenseitiger Sympathie können wir die Tour ja auch verlängern oder noch zusammen essen gehen."

Ich dachte ein paar Stunden über diese Nachricht nach. Im Prinzip wusste ich überhaupt nichts von Angela außer dem, was ihr Profil hergab und dass wir wandern gehen würden. Ich kannte ihre Motivation nicht, nicht ihre Stimme, nicht ihre Gesinnung – eigentlich nichts. Das ist spannend, wenn man sich unverbindlich in einem Lokal trifft …

„… und die Frau dann nach einer knappen Stunde wieder an den Bahnhof zurückbringen kann …", wirft Alex ein, die sich noch gut an meine Geschichte mit der Frau und den fettigen Haaren erinnern kann.

„Genau", sage ich. „Und dann hatte ich mir gedacht, ich frage mal schüchtern nach, ob wir vielleicht vorher telefonieren sollten."

Ich hatte diese Nachricht auch sehr besonnen formuliert: „Liebe Angela", schrieb ich, „ich habe nochmal über deine Nachricht nachgedacht. Meinst du, es kann uns die Wanderstrecke zu lang werden, falls wir uns nicht verstehen? Dann könnten wir ja sicherheitshalber vorher telefonieren. Wir könnten dabei feststellen, ob die Chemie wenigstens grundsätzlich stimmt. Falls du magst, meine Rufnummer ist …"

„Und dann?", fragt Alex.

„Dann hat sie mir so eine üble Nachricht geschickt, dass ich mir jetzt überlege, ob ich überhaupt noch mit ihr wandern gehen will."

Alex lacht. „Eine üble Nachricht? Ich wette, du
bist da viel zu empfindlich. Was hat sie denn geschrieben?"

Ich lese ihr die Nachricht vor: „Hallo, danke, aber
ich bin beruflich wirklich sehr eingespannt und
möchte dann nicht abends noch mit fremden
Menschen telefonieren. Von meiner Seite steht das
Treffen am kommenden Samstag um 14 Uhr.
Werde sicher keine Tagestour mit jemandem machen, den ich überhaupt nicht kenne. Gegen diesen kleinen Spaziergang spricht von meiner Seite
aus nichts. Allerdings möchte ich es jetzt auch
nicht künstlich verkomplizieren mit dieser Tippe-
rei oder mit Telefonaten."

Alex sagt eine Weile lang nichts. Dann murmelt
sie: „Soso. Zwölf Kilometer, kleiner Spaziergang,
telefonieren verkompliziert. Aha. Was hast du geantwortet?"

„Nichts", sage ich. „Meine Antwort steht noch
aus."

„Wann soll die Wanderung stattfinden?"

„Kommenden Samstag."

„Na, da hast du ja noch ein paar Tage, in denen du es dir überlegen kannst", sagt Alex. „Immerhin, die Frau weiß, was sie will."

„Mir ist sie an sich jetzt schon zu dominant", gebe ich zu bedenken.

„No risk, no fun", antwortet Alex. „Was hast du schon zu verlieren?"

„Ich bin schon einmal mit einer Frau gewandert, die ich nicht kannte."

„Ach, davon weiß ich ja gar nichts. Wann war das?"

„Ist schon eine Weile her, aber die Frau bin ich lange nicht losgeworden."

„Gib es zu, du warst mal wieder zu nett."

„Nein, ganz bestimmt nicht", antworte ich und lache auf, weil mir etwas einfällt: „Oder doch, am Anfang. Sie hat mich so komisch angeschrieben, dass ich darauf einfach nicht hätte eingehen sollen."

„Lass hören", sagt Alex und ich schaue in meinem Account, ob es die Mail von ihr noch gibt.

Ich finde sie tatsächlich und zitiere: „‚Hallo, Les B., mich erinnerte Dein Profil-Foto sofort an die langjährige Freundschaft zwischen Silvia Bovenschen und ihrer Freundin, der Malerin Sarah Schumann, wie sie in dem Buch ‚Sarahs Gesetz' beschrieben wird. Mit freundlichen Grüßen,

Daniela.' Als würde ich einer von beiden auch nur einen Hauch ähneln."

„Vielleicht, wenn du dir die Haare wachsen und dein Geschlecht angleichen lässt?", fragt Alex zurück und kringelt sich hörbar vor Vergnügen.

Ich grinse auch. Ich bin einfach eine Butch. Fertig. Daher hatte ich Daniela beim Wandern auch auf diesen Satz angesprochen, und gefragt, was sie genau damit gemeint hätte, und sie hatte geantwortet, ich wäre auf meinen Fotos so elitär rübergekommen, als würde ich nur auf Lesungen herumstehen und Champagner trinken."

„Finde ich überhaupt nicht", sagt Alex, die mein Profilfoto selbst aufgenommen hat. „Aber ‚honi soit qui mal y pense', würde ich mal sagen."

„Ui", antworte ich erstaunt. „Seit wann sprechen wir denn französisch?"

„Es muss schon seine Vorteile haben, wenn man mit einer Elsässerin liiert ist", sagt Alex und grinst so breit, dass ich es durch das Telefon hören kann, „oder hast du gedacht, wir vögeln nur?"

„Ja, ehrlich gesagt, habe ich das gedacht!"

„Nein, nein, manchmal reden Yvette und ich auch etwas miteinander. Aber was war denn jetzt so schlimm mit der Wanderung mit dieser …"

„… Daniela. Sie hieß Daniela. Also …"

Es war in jenem heißen Sommer 2018 gewesen. Schon seit Tagen hielt sich das Thermometer über der 35-Grad-Marke, aber wir wollten trotzdem wandern gehen. Für mich kein Problem, ich laufe gern und bin geübt. Das nahm ich von Daniela auch an, da sie die Strecke selbst ausgesucht hatte.

Ich kannte den Weg, auch wenn ich ihn lange nicht mehr gelaufen war. Das Highlight der Wanderung war eine kleine Schlucht, in der man zwei, drei Kilometer lang über Steinbrocken, umgestürzte Bäume und einen kleinen Bachlauf laufen kann.

Den Treffpunkt, zu dem mich Daniela bestellt hatte, kannte ich allerdings nicht. Wir hatten beide eine über fünfzig Kilometer lange Anfahrt und als ich mittags zum vereinbarten Zeitpunkt ankam, war sie schon da. Ich erkannte sie sofort, nicht nur, weil sie mir ein Foto von sich geschickt hatte, das ihrem Äußeren auch tatsächlich entsprach, sondern auch, weil sie bei der brütenden Hitze die einzige Person war, die auf diesem Parkplatz stand.

Ich stieg aus und ging auf sie zu. Ein erster Händedruck: Sie war mir sympathisch, ja, sie gefiel mir sogar. Ihr Haar war von einem Blond, in das ihre ersten grauen Strähnen gut passten. Sie war leicht gebräunt, sportlich und teuer angezogen. Auch ihr Wagen war dreimal so groß wie meiner und sicher fünf Mal so teuer. Aber das machte mir nichts, im Gegenteil. Wir können ja nicht alle mittellose Künstlerinnen sein.

Als Daniela meine Hand zur Begrüßung nahm, sah sie mir tief in die Augen und sagte: „Freut mich sehr. Ja, freut mich wirklich." Damit war klar, dass ich ihr auch gefiel.

„Na, das klingt doch vielversprechend", bringt sich Alex am Telefon wieder in Erinnerung.

Das fand ich damals auch. Doch schon fünf Minuten nach unserer Begrüßung wusste ich nicht mehr so recht, was ich von meiner Mitwanderin halten sollte. Sie zog nämlich einen Zettel aus der Tasche, auf dem ein wenig krakelig ein nicht ganz perfekter Kreis eingezeichnet war. Links unten war ein „P", was wohl unseren Treffpunkt, den Parkplatz, bezeichnen sollte. Ein paar Zentimeter rechts davon waren Wellenlinien, die vermutlich die kleine Schlucht markieren sollten. Auf der oberen Linie fanden sich ein paar angedeutete Tannen.

„Wir gehen jetzt links, ein paar Kilometer bis in den Wald, dann hier diese Richtung und am Ende der Wanderung kommen wir an die Schlucht", schlug Daniela vor.

„Gegenvorschlag", sagte ich, denn es war Mittag und die Sonne brannte unbarmherzig. „Wir gehen direkt zur Schlucht, dort ist es schön kühl. Wenn wir sie durchwandert haben, sind wir im Wald und bis wir dann an die freien Wege kommen, hat die Sonne schon an Kraft verloren. So laufen wir nicht in der glühenden Hitze."

Daniela überlegte. Dass ich einfach rechtsherum statt linksherum laufen wollte, schien sie zu irritieren.

„Das Ganze hat einen weiteren Vorteil: Wenn wir aus welchen Gründen auch immer die Wanderung abbrechen wollten, hätten wir das Schönste schon gesehen", fügte ich daher grinsend hinzu.

„Weshalb sollten wir die Wanderung abbrechen wollen?", fragte sie verwundert und mit bedrohlichem Ernst.

Ich fühlte mich in die Enge getrieben, denn bis eben hatte ich auch noch keinen Grund dafür gesehen. „Nun", antwortete ich scherzhaft, „wenn sich jetzt beispielsweise auf den ersten Metern herausstellt, dass du AfD-Wählerin bist, dann ..."

„Sehe ich aus, als wäre ich AfD-Wählerin?", fragte Daniela empört.

„Da stimmte die Wellenlänge aber ganz und gar nicht", kommentiert Alex aus dem Off.

„Ja", antworte ich, „oder besser nein. Ich hatte alle Hände voll zu tun, sie zu beruhigen, und ihr zu versichern, das wäre einfach nur ein Beispiel gewesen, mir wäre gerade nichts Besseres eingefallen."

Als Daniela sich beruhigt hatte, willigte sie schließlich ein, mit mir rechtsherum in Richtung Schlucht zu laufen und lief los, mit nichts weiter als einer winzig kleinen Umhängetasche über der linken Schulter.

„Hast du nichts zu trinken dabei?", fragte ich ungläubig, denn ich trug einen Rucksack, in dem ich eine Literflasche Wasser, zwei Äpfel und etwas Vesper eingepackt hatte.

Sie zögerte. „Meinst du, ich sollte was mitnehmen?", fragte sie. Dann ging sie die paar Schritte zurück an ihr Auto, wo sie noch eine kleine, angebrochene Glasflasche Wasser fand.

„Wird das reichen?", fragte ich skeptisch.

Sie zuckte mit den Schultern, als wäre das nicht ihr Problem.

„Na, da unten gibt es bestimmt einen Kiosk, da können wir ja Wasser nachkaufen", bot ich an und damit war es auch nicht mehr mein Problem.

Auf den ersten Metern unseres Wanderwegs kamen wir locker ins Gespräch. Wir tauschten Eckdaten aus: Was wir beruflich machen, seit wann wir solo sind und so weiter. Die kleine Irritation von vorhin hatte ich schon fast vergessen, als Daniela plötzlich vernehmlich pupste.

„Entschuldige", sagte sie beiläufig und ich machte eine „da-nicht-für-alles-halb-so-wild-keep-cool"-Geste, um unser Gespräch weiterführen zu können. Zumindest dachte ich, dass ich so eine Geste gemacht hätte. In Wirklichkeit hatte ich einfach nur meinen linken Arm abwehrend geschlenkert. Das schien sie missverstanden zu haben, denn von nun an pupste sie ständig. Es waren kleine, zarte, damenhafte Pupse, aber je öfter sie pupste, desto mehr gaste es mich buchstäblich an, auch wenn wir viel zu schnell gingen, als dass ich sie wirklich hätte riechen müssen. Aber ein wenig respektlos kam mir das schon vor.

Ich höre, wie Alex an dieser Stelle laut herauslacht. Freundlicherweise hat sie den Telefonhörer weit weggehalten, um mir mit ihrem Lachen nicht direkt ins Ohr ploppen zu müssen. „Da war wohl an dieser Stelle schon klar, dass ihr zwei nicht heiraten werdet. Kommt es noch doller?", fragt sie schließlich.

„Allerdings", knurre ich und erzählte weiter.

Nachdem wir unsere Eckdaten kannten, begann Daniela, von den Frauen zu erzählen, die sie bei Lesbinas.de bereits angeschrieben oder sogar getroffen hatte. Im Gegensatz zu mir ging sie bei der Frauensuche methodisch, ja sogar akribisch vor. Sie grenzte den Umkreis und das Altersprofil der Frauen ein und war deshalb äußerst gut über alle Lesbinas im Umkreis informiert, die eine Partnerin suchten. Dass sie mich noch nicht kannte, lag einfach daran, dass ich erst vor kurzem in ihr Altersprofil gerutscht war.

„Kennst du die ‚Seeanemone' aus Düren?", fragte sie beispielsweise (Pups) und als ich den Kopf schüttelte, meinte sie: „Du solltest dich mit ihr treffen, die würde zu dir passen. Die malt auch Bilder." Pups.

Langsam war ich genervt. Ich hatte gedacht, es ginge bei diesem Treffen darum, herauszufinden, ob wir zwei zueinander passen würden. Aber offensichtlich hatte sie diese Frage bereits für sich verneint und fing an, mich für andere Frauen interessieren zu wollen. Ich sagte nichts dazu, aber ich konnte mich vage an das Profil von Seeanemone erinnern, insbesondere an ein Foto, auf dem sie vor verschiedenen Bildern einer Galerie posierte. Es waren Ölgemälde, meist Obst, Bäume oder Blumen. Nicht ganz meins.

Ob ich mich an ‚Grashopper' erinnern könne? Die mit den dunklen Locken? Na, da müsse ich mich doch daran erinnern, die hatte einen Premium-Account, die muss ich doch auch gesehen haben, so niedliche, kleine, dunkle Ringellöckchen … Ich hatte plötzlich keine Ahnung mehr, wovon Daniela überhaupt sprach und schüttelte einfach nur noch den Kopf.

Schließlich kamen wir an den Anfang der Schlucht. Rechts und links gab es Kioske, kleine Cafés und Buden. Zu diesem Zeitpunkt hatte ich bereits ein Drittel meiner Wasserflasche geleert und dachte daher, Daniela würde die Gelegenheit nutzen, sich jetzt Wasser nachzukaufen, aber sie machte keine Anstalten. Weil wir aber noch über zehn Kilometer vor uns hatten, konnte ich es mir nicht verkneifen, sie darauf anzusprechen, allerdings ganz Gentlewoman: „Soll ich dir eine Flasche Wasser kaufen oder möchtest du lieber etwas anderes?", fragte ich.

„Ach, nein, danke", antwortete sie und pupste. Also gingen wir weiter.

In dem kleinen, engen Tal, in dem es wirklich angenehm kühl war, konnten wir nicht mehr nebeneinander laufen. Aus verständlichen Gründen ging ich von jetzt an vor ihr. Wir passierten kleine An- und Abstiege, balancierten über Wurzeln und nasse Steine, als sie plötzlich in ihr Umhängetäschchen griff und eine Tüte Salzmandeln herauszog.

„Sollen wir eine Pause machen?", fragte ich.

„Nein", antwortete sie, schob sich ein paar Mandeln in den Mund und bot mir die Tüte an. Ich lehnte dankend ab und fragte mich, wie man drauf sein muss, wenn man bei dieser Hitze ohne Wasser, aber mit Salzmandeln wandern geht.

Nach einer weiteren Weile, die wir schweigend hintereinander gelaufen waren, kam eine kleine Hütte in Sicht. Ein paar Wanderer saßen um sie herum und machten Vesperpause. Wir setzten uns zu ihnen und ich zog meine Äpfel aus dem

Rucksack und bot ihr einen an. Sie lehnte ab. Aber als ich dann einen Schluck aus meiner Wasserflasche nahm, geschah, was ich die ganze Zeit befürchtet hatte: Sie sah mich und meine Flache so begehrlich an, dass ich nicht umhinkam, ihr von meinem kostbaren Wasser anzubieten.

„Du bist so eine Gute!", spöttelt Alex am Telefon.

Der Hammer war, dass Daniela jetzt nicht meine Flasche nahm und daraus trank, sondern dass sie ihre Flasche nahm und sie mit dem Inhalt meiner Flasche füllte! Ich schluckte und staunte. Dann sagte sie: „Könnte ich jetzt doch bitte den Apfel haben?" Seltsamerweise pupste sie jetzt nicht mehr.

Im Nachhinein kann ich gar nicht mehr sagen, wie ich den Rest der Wanderung überlebt habe.

„Du hast das durchgezogen?", fragt Alex am Telefon ungläubig.

„Ja, mit viel zu wenig Wasser für mich", antworte ich.

Tatsächlich erinnere ich mich noch an die Waldwege, dass wir an einer Stelle nicht so recht wussten, welchen Weg wir einschlagen sollten, aber wohl den richtigen erwischt hatten. Ich lief und schwitzte und sie lief und redete. Völlig zusammenhanglos und mittlerweile nicht mehr von den Frauen, die ich unbedingt treffen sollte, sondern von den Frauen, die sie schon getroffen hatte und warum es mit ihnen nicht geklappt oder bei ihnen nicht gefunkt hatte.

„Kommt mir bekannt vor", kommentiert Alex trocken.

„Schnauze!", sage ich. „Bei mir ist das etwas anderes!", behaupte ich, aber gleichzeitig wird klar, dass ich das vielleicht noch einmal überdenken sollte. Aber nicht jetzt. Also frage ich: „Und woher kennt Katrin die Oberärztin?"

„Moment", sagt Alex. „Erzähle ich gleich. Aber ich will das noch genau wissen. Du hast gesagt, du bist diese Frau lange nicht losgeworden. Wieso nicht? Diese Wanderung war ja das reine Grauen. Da sagt man doch ‚Tschüss – auf Nimmerwiedersehen!'"

„Ja", antworte ich. „Frau drückt es vielleicht höflicher aus. Zum Beispiel, indem sie beim Abschied wirklich nur Tschüss sagt. Keine Küsschen, kein Gedrücke, kein „Wir telefonieren", sondern ‚Tschüss' und nix wie weg. So haben wir es auch gemacht. Trotzdem hat sie mir immer wieder WhatsApp-Nachrichten geschickt, bis ich sie schließlich gesperrt habe."

„Ach, was hat sie denn geschrieben?"

„Das erste Mal fragte sie noch einmal, ob sie wie eine AfD-Wählerin aussieht. Das hatte sie noch immer nicht als Beispiel verstanden und schien ihr keine Ruhe gelassen zu haben. Ich hatte meine

Nöte, ihr das per WhatsApp noch einmal zu erklären und ich glaube noch immer nicht, dass sie das blickt. Das nächste Mal schrieb sie mir, sie wolle jetzt endlich einen Knopf dran machen."

„Einen Knopf dran machen? Was für ein altertümlicher Ausdruck!", staunt Alex. „Und woran wollte sie einen Knopf machen?"

„An unsere Geschichte. Sie schrieb, sie fände mich attraktiv, aber sie sei blockiert, weil sie gerade eine Affäre hatte."

„Hast du ihr wenigstens zurückgeschrieben, dass du ohnehin kein Interesse hättest?", fragt Alex.

„Ja", antworte ich, „ich habe sie auch gefragt, wieso sie mir nicht erzählt hatte, dass sie so etwas Aufregendes wie eine Affäre gehabt hätte. Das wäre ja schließlich mal wirklich spannend gewesen!"

Alex lacht. „Und daraufhin hat sie … was?"

„Mich mit Shitnachrichten bombardiert. Ich wäre ja auch nicht … und ich hätte ja schließlich auch … Und dann habe ich sie einfach gesperrt."

„Kluges Mädchen", sagt Alex, und dann erzählt sie mir endlich die Geschichte, die ich die ganze Zeit schon wissen wollte und von der ich mir im Nachhinein wünschte, ich hätte sie nie erfahren.

BLIND DATE

Katrin wäre niemals auf Lesbinas.de gegangen, wenn sie auch nur eine Sekunde lang vermutet hätte, dass Mareike dort ebenfalls einen Account haben könnte. Stattdessen wähnte sie sich sicher. Katrin hatte Wünsche, die sie an ihre Frau nicht stellen mochte. Auf die Idee, dass es ihrer Frau genauso gehen könnte, kam sie seltsamerweise nicht.

Wäre sie erwischt worden, wäre es ihr natürlich peinlich gewesen, selbst wenn sie den Spieß hätte umdrehen und fragen können, was denn Mareike auf Lesbinas.de suchte. Das hätte zu gegenseitigen Vorwürfen geführt, aber vielleicht auch zu einem stillen Moment, in dem sie sich eingestanden hätten, dass jeder von ihnen etwas fehlte. Doch so weit kam es nicht. Mareike und Katrin surften aneinander vorbei, denn jede zog es in eine andere Nische des Portals.

Viel Erfahrung in Sachen Online-Dating hatte Katrin nicht. Vor ihrer Verpartnerung war sie eine kurze Zeit auf Lesbinas.de gewesen und hatte den einen oder anderen Kontakt geknüpft. Doch das war lange her. Katrin war sich erst nicht sicher, ob sie ihr wahres Alter angeben sollte. Waren noch viele Frauen im gleichen Alter auf Lesbinas.de unterwegs? Falls nicht, wäre sie noch sexuell attraktiv?

Katrin entschied sich, ehrlich zu sein, gab ihr wahres Alter an und schrieb sich in Gruppen wie „Shades of almost Grey" oder „Rollenspiele" ein. Bei der Gruppe „Heißer Sexaustausch und mehr" war sie sich nicht sicher, was unter „mehr" in diesem Zusammenhang zu verstehen war, aber auch hier trat sie sicherheitshalber bei.

Dann wartete Katrin ein paar Tage ab.

Ihre Rechnung ging auf: Ihr neues Profil wurde rege besucht, auch wenn keine Frau sie daraufhin direkt anschrieb. Doch das war Katrin egal. Systematisch sah sie sich ihre Profilbesucherinnen der Reihe nach an. Es war, als dürfe sie sich unter ihnen eine aussuchen. Oder auch zwei, drei. Dieser Gedanke sorgte für ein aufgeregtes Kribbeln in ihrem Bauch – vielleicht sogar ein wenig in ihren Lenden, wenn sie genau hinfühlte -, aber natürlich war ihr klar, dass es möglicherweise so einfach nicht sein würde.

Unter ihren zwölf Profilbesucherinnen fand sie die meisten von vornherein uninteressant. Lieblos ausgefüllte Profile, gravierende Rechtschreibfehler, Großspurigkeit oder dümmliche Sätze – das war nicht so ihr Ding. Jüngere Frauen wurden ebenfalls aussortiert, aber hier gab es schließlich auch die größte Schnittmenge.

Ein paar Frauen wirkten trotz ihrer Mitgliedschaft in den jeweiligen Gruppen ein wenig brav, fast so, als hätten sie sich erstmals ein Herz gefasst, bereit, sich ihren heimlichen Träumen und Wünschen zu stellen. Wie ich, dachte sich Katrin und sortierte auch diese Frauen aus. Sie wünschte sich eine erfahrene Gespielin und wollte geführt werden. Da ihr das Aussehen dieser Frau egal war, zog sie auch Profilbesucherinnen ohne Foto in Betracht. Zum Schluss blieb eine Frau übrig, die sich „Die Oberärztin" nannte.

Katrin holte tief Luft und begann, eine Nachricht für die Unbekannte zu verfassen. Es war aber nicht so einfach, wie sie es sich eben noch gedacht hatte. Beim Schreiben verrutschten ihr die Worte, vorgefertigte Formulierungen fielen ihr nicht mehr ein und sobald sie einen Satz zu PC gebracht hatte, sah er irgendwie doof aus. Katrin war Ingenieurin, keine Literatin, aber sie war ehrgeizig und wollte es nicht vermasseln. Zum Schluss entschied sie sich für diese Version: „Liebe Oberärztin, du hast mein Profil besucht, aber leider keine Nachricht hinterlassen. Das ist schade. Gefalle ich dir denn so gar nicht? Ich jedenfalls könnte mir so einiges mit dir vorstellen … Was meinst du? Herzliche Grüße aus Baden, K."

Klick und weg und wieder warten.

Es dauerte zweieinhalb Tage und Katrin wähnte die Schlacht schon beinahe verloren. Doch dann fanden sich gleich zwei Nachrichten in Katrins virtuellem Briefkasten. Die eine war von Lesbinas.de, die Katrin dazu bewegen wollte, ein

Jahresabonnement abzuschließen, die andere von ihrer Unbekannten. Katrin spürte, wie angespannt sie war, als sie die Mail öffnete.

Sie war kurz: „Doch, könnte mir auch einiges vorstellen. Wo in Baden bist du denn? Bin öfter mal in Baden-Baden, ist das in der Nähe? Dann sollten wir uns treffen! Wann hättest du denn Zeit?"

Dass dieser Mail jeglicher Charme oder weibliche Schüchternheit fehlte, war Katrin recht. Sie wollte keine Romantik, sie wollte ein Date mit Hand und Fuß und Brust und Möse. Sie wollte … ach, sie wusste es auch nicht mehr so recht. Plötzlich schienen sich ihre Fantasien zu überschlagen und sie spürte etwas, was sie schon so lange nicht mehr gespürt hatte, dass sie es beinahe nicht mehr wiedererkannte: Lust und Begierde.

Katrin überlegte. Mittwochs war Mareike immer beim Taekwondo und freitags traf sie sich gelegentlich mit anderen Heilpraktikerinnen zum Erfahrungsaustausch. Also schrieb sie der Oberärztin, dass Gaggenau ganz in der Nähe von Baden-Baden sei und sie sich immer mittwochs und manchmal auch freitags mit ihr treffen könne.

Dieses Mal dauerte es drei Tage, bis Katrin eine Antwort erhielt: „Mittwoch, 12.06., 16.00 Uhr, Hotel Quellenhof, Baden-Baden Altstadt. Bitte bestätige mit deiner Handynummer! Wenn du hast, trag ein Kleid und High Heels."

Katrin rechnete. Bis zum 12. Juni waren es noch knapp zwei Wochen. Wenn sie am frühen Nachmittag ihren Arbeitsplatz verließ und nach Baden-Baden fuhr, wäre 16 Uhr kein Problem. Im Gegenteil. Sie hatte dann noch knapp sechs Stunden, bevor sie zuhause vermisst würde. Das einzige Problem war das Kleid. Sie trug keine Kleider, keine High Heels, niemals. Sie käme sich damit lächerlich vor. „Einverstanden", schrieb sie zurück, „aber ich komme in einer schwarzen Lederhose. Skinny fit. Das muss reichen. Meine Nummer: …"

Diese Mail hatte sie so schnell abgeschickt, dass keine Zeit war, noch einmal darüber nachzudenken. Was tue ich hier, fragte sie sich selbst erstaunt, als es zu spät war. Wer weiß, wer jetzt meine Handynummer hat! Woher weiß ich, dass hinter dem Profilnamen „Die Oberärztin" tatsächlich eine Frau steckt? Ich wäre nicht die erste, die einem Fake auf den Leim geht! Wie konnte ich nur so blöd sein?

Katrin hörte nichts mehr von ihrer Verabredung, auch wenn sie jeden Tag in ihren Lesbinas-Account schaute und auch ihr Smartphone immer kritisch beäugte aus Angst, sie könnte eine Nachricht verpassen. Sie wurde unruhig, denn sie wusste nicht, wie sie mit dieser Situation umgehen sollte. Würde das Treffen überhaupt stattfinden? Oder würde sie sich einen Nachmittag freinehmen, nach Baden-Baden fahren und sich zum Deppen machen?

Eine Mischung aus Trotz, Abenteuerlust und Neugierde sorgte aber dafür, dass sie an jenem Mittwoch Mitte Juni früher als üblich ihre Sachen im Büro zusammenpackte. Sie hatte sich am Morgen sorgfältig zurecht gemacht und in ihre schwarze Lederhose gezwängt. Eine weiße, etwas transparente Bluse und schwarze Stiefeletten komplettierten das Outfit. Wenn sie sich bewegte, konnte man den weißen Push-up BH erahnen. Katrin wusste: Sie sah sexy aus, aber mit Stil. Nicht schlecht für ihr Alter. Sicherheitshalber machte sie sich noch einmal in der Damentoilette frisch, bevor sie das Büro verließ.

Katrin hatte kaum das Hotel Quellenhof in Baden-Baden erreicht, als ihr Handy Laut gab. Es war die WhatsApp-Nachricht einer unbekannten Absenderin. „Parke auf dem hauseigenen Hotelparkplatz und schleiche dich ins Haus. Du findest mich in der zweiten Etage, Zimmer 208."

Katrin nickte und speicherte die Rufnummer des Absenders in ihrem Smartphone unter ‚Oberärztin' ein. Eine Sekunde später war ein Profilfoto zu erkennen. Es zeigte allerdings kein Gesicht, sondern eine Labrys. Irgendwie kam Katrin diese Doppelaxt plötzlich bedrohlich vor.

Sie war eine erwachsene, rational denkende Frau, aber sie war womöglich gerade dabei, sich zum ersten Mal in ihrem Leben bewusst selbst in Gefahr zu bringen. Katrin schluckte. Jetzt war sie

schon so weit gekommen, sollte sie nun beim Anblick einer Labrys umkehren? Niemals!

Die enge Hose, die Heimlichtuerei, das Verbo-
tene, das Aufregende und nicht zuletzt ein Gefühl
von Kontrollverlust … Katrin musste zugeben,
dass sie erregt war. Zwischen ihren Beinen war es
spürbar feucht geworden.

In diesem Moment überraschte sie eine weitere
Nachricht. „Es hängt ein dunkles Tuch an der Tür.
Verbinde dir damit die Augen und klopfe dann!"

Katrins Atem stockte. Das ging zu weit!

„Wirst du das tun?", ploppte die nächste Nachricht auf, als hätte der Absender ihr entsetztes Gesicht gesehen. Nein, dachte sie entrüstet, nahm ihr
Handy und tippte ein „Ja".

Das war nicht mehr sie, die da agierte. Katrin
wusste das, aber sie konnte es nicht ändern. Mit
festem Schritt betrat sie das Foyer des Hotels. Sie
registrierte die kühlen, hellen Marmorfliesen und
das edle, dunkle Holz der Rezeptionstheke. Eine
junge Frau stand dahinter und sah sie erwartungsvoll an, aber Katrin nickte ihr einfach huld-
voll zu und ging in Richtung Treppe, wo sie zwei
Stufen auf einmal nahm, um schnell aus der Sichtweite der Concierge zu kommen. Im ersten Stock-
werk musste sie pausieren, um wieder Atem zu
schöpfen. Sie hielt sich an der Wand fest und

zwang sich zur Ruhe, schließlich wollte sie nicht keuchend vor Zimmer Nummer 208 stehen!

Als ihr Herz wieder in einem einigermaßen erträglichen Rhythmus klopfte, ging Katrin die Stiegen weiter nach oben. Sie waren mit einem roten Teppich ausgelegt, was ihr gefiel. Ein wenig begann sie, ihr Abenteuer zu genießen. Erst als sie das schwarze Tuch an der Tür von Zimmer Nummer 208 hängen sah, blieb ihr Herz wieder stehen. Sie hatte Angst, keine Frage. Alles konnte geschehen, wenn sie jetzt blind und mit enger, feuchter Hose an dieser Tür klopfen würde. Panik stieg in Katrin auf. Sie hatte niemandem gesagt, wo sie an diesem Nachmittag sein würde. Es gab keine beste Freundin, der sie das hätte anvertrauen können. Es gab eigentlich nur Mareike in Katrins Leben, ihre Frau, ihre Freundin, ihr Alles! Und hier stand sie, um sie zu betrügen, ohne auch nur den Hauch eines Sicherheitsnetzes gespannt zu haben. Was immer jetzt auch geschah, es konnte eigentlich nur schief gehen.

Dennoch, mit aller Angst und allem Herzklopfen, legte sich Katrin die Augenbinde an und klopfte an die Tür.

Als sie hörte, wie die Tür geöffnet wurde, begann sie, am ganzen Körper zu zittern und bekam gleichzeitig weiche Knie. Die Anspannung hatte ihren Höhepunkt erreicht. Katrin schnappte nach Luft. Gleichzeitig kippte sie um, direkt in zwei stark wirkende Arme, flaumbehaart, aber ganz sicher weiblich. Ein zarter Duft von Löwe 001 Parfüm stieg Katrin in die Nase und beruhigte sie: Wäre das eine Falle gewesen, hätte sich die Oberärztin sicher nicht die Mühe gemacht, vor diesem Treffen noch einmal zu duschen. Katrin hörte, wie jemand stöhnte und erkannte gleichzeitig, dass sie das selbst war. Sie versuchte, sich aufzurappeln, doch die starken Arme ließen sie nicht los, sondern wuchteten sie in die Höhe und legten sie, vielleicht sogar ein wenig unsanft, auf ein Bett.

Dann war sie auch schon über ihr, mit ihrem ganzen Gewicht, diese kräftige, wohlriechende Frau und sie hielt Katrins Arme über deren Kopf fest. Katrin konnte sich nicht mehr bewegen, versuchte aber dennoch halbherzig, sich freizukämpfen. Doch die Frau hatte sie mit ihren Händen und ihrem ganzen Körper im Griff. Katrin spürte deren Atem an ihrem Hals und eine Zunge, die feucht und neugierig an ihrem Ohr entlang über ihre Wange strich und auf ihrem Mund landete.

Jetzt drang diese Zunge, diese fremde, weiche, feuchte Zunge in sie ein und … es war der erste Kuss nach einer jahrelangen Ewigkeit … sie küsste sie, wild, leidenschaftlich, unbarmherzig und lange.

Gleichzeitig spürte Katrin, wie die Frau ihre Scham rhythmisch gegen ihre eigene presste. Hatte die Frau etwas an? Trug sie eine Hose, einen

Rock, einen Slip? Katrin wusste es nicht. Sie meinte, T-Shirt-Stoff gefühlt zu haben, als die Frau sie auffing, aber sonst?

Während sie die leidenschaftlichen Küsse der Unbekannten erwiderte, versuchte Katrin, ihre Arme zu befreien, um die Frau zu fühlen und zu ertasten, aber die hielt sie unerbittlich fest. Dabei küsste die Frau sie mit einer solchen Dringlichkeit, dass Katrin sich schließlich ergab, entspannte und dabei ganz automatisch ihre Beine spreizte. Sofort drückte sich die Hüfte der Fremden gegen ihre Scham und der Druck allein und ein paar angedeutete Stöße durch die hautenge Lederhose genügten. Katrin schrie auf, während sie sich der Fremden auf ihr entgegenbog und völlig unverhofft in einen Orgasmus katapultiert wurde, der endlose Minuten anhielt und den sie wimmernd genoss.

Mit ihrem letzten Seufzer zog die Oberärztin ihr die Augenbinde ab. Katrin blickte in ein Paar große, graublaue Augen, die sie prüfend betrachteten. „Hallo K.", sagte die Fremde und Katrin fiel auf, dass dies die ersten Worte waren, die gesprochen wurden. „Darf ich mich erst einmal vorstellen? Ich heiße Brunhilde."

„Hallo Brunhilde", antwortete Katrin selig, denn ihr gefiel, was sie sah. „Machen wir das jetzt öfter?"

„Ich fürchte, es ist nur beim ersten Mal so … erregend", antwortete Brunhilde und küsste Katrin auf die Nasenspitze. „Aber mir fallen bestimmt noch andere Spielchen ein", sagte sie breit grinsend und zeigte nach rechts. „Schau mal, ich habe hier so einen kleinen Koffer …"

FINIS

„Ach, sieh an", sage ich, nachdem Alex die Geschichte zu Ende erzählt hatte. „Und woher weißt du das?"

„Das hat Katrin mir damals beim Dyke March verraten."

„Beim Dyke March?"

„Naja, bei der Party danach ..." Alex windet sich. Aber ich habe nicht vor, sie aus dem Schwitzkasten zu lassen. „Beim Tanzen?", frage ich also zurück.

„Nein ..." Ich höre Alex seufzen. Ihre Erklärungsnöte lassen nur einen Schluss zu: Bei den beiden ist mehr gelaufen, als dass sie sich nur kennengelernt hätten. Ich starre die Wand meines Wohnzimmers an und der Hörer in meiner Hand zittert. „Im Nebenraum", erklärt sie. „Bei den Klamotten ... in der Garderobe ..."

Ich will es gar nicht so genau wissen. Gerade habe ich erfahren, dass Katrin ein Blind Date hatte und nun, dass sie auch mit Alex rumgemacht hat. Die brave Katrin! Die Frau, für die Mareike die Hand ins Feuer gelegt hätte und gegenüber der sie ein schlechtes Gewissen wegen ihres eigenen Verhältnisses hat. Ich spüre, wie mein eben noch blutleeres Gesicht heiß wird. Luft bekomme ich auch nicht mehr richtig.

„Bist du noch dran?", fragt Alex kleinlaut.

„Und in dieser … Garderobe … habt ihr noch Zeit genug gehabt, um über die Oberärztin zu sprechen?", frage ich.

„Das war danach", antwortet Alex. „Es ging ja ganz schnell. Ich habe sie gefragt, ob sie das öfter macht. Fremdgehen meine ich. Da meinte sie, nein, nicht öfter, aber immer sehr denkwürdig – und dann hat sie mir das erzählt."

„Warum erfahre ich das erst jetzt?"

„Ich wollte nicht, dass du es Mareike erzählst."

Wieder Schweigen. „Wirst du es ihr sagen?", fragt Alex leise.

„Nein", antworte ich nachdenklich, „wohl eher nicht. Es sei denn … Hast du Katrin seither nochmal getroffen?"

„Himmel nein, das war eine einmalige Sache!"

„Und meinst du, zwischen Katrin und der Oberärztin läuft das noch weiter?"

„Das glaube ich nicht. Die Oberärztin scheint mir eher eine zu sein, die sich nicht so gerne bindet", antwortet Alex.

Ich bin in Versuchung. Ich merke fast körperlich, wie sehr es mich drängt, aus diesem neuen Wissen Kapital zu schlagen. Ich könnte Mareike das schlechte Gewissen nehmen. Aber um welchen

Preis? „Ich werde es Mareike nicht erzählen", sage ich daher fest. „Nein, es würde ihr nur unnötig weh tun."

„Ja, aber es wäre auch eine Chance für Mareike und Katrin, alles offen auf den Tisch zu legen", gibt Alex zu bedenken.

„Das will ich nicht erzwingen, das steht mir nicht zu", murmle ich.

Komisch, denke ich, wie frau sich täuschen kann. In meiner Welt war Katrin die Brave, Überkorrekte und von Alex dachte ich, sie hätte ein heimliches Interesse an Mareike. Alles falsch.

„Alex", sage ich, „das war jetzt ein wenig viel für mich. Das muss ich erst verdauen. Ist es okay, wenn ich auflege?"

GEFUNDEN

Als sich Mareike auf Lesbinas.de einschrieb, war
es ihr egal, ob Katrin das mitbekommen würde
oder nicht. Seit ihrem fünfzigsten Lebensjahr war
ohnehin nichts mehr wie vorher. Dinge, die sie für
gegeben und zufriedenstellend erachtet hatte,
schienen plötzlich nicht mehr zu passen. Ihr Job
war zum Geldverdienen geeignet gewesen, aber
er hatte sie nie wirklich ausgefüllt. Also schulte
Mareike um. Ob sie der Beruf als Heilpraktikerin
auf Dauer befriedigen würde, konnte sie noch
nicht sagen. Es war ein Anfang, aber ein zäher Anfang. Das Gefühl der Unzufriedenheit war geblieben.

War sie wirklich unzufrieden? Wenn sie ihre Beziehung betrachtete, meckerte sie auf hohem Ni-
veau und Mareike wusste das. Katrin war zuverlässig und solide, keine die fremdgeht oder sich
vor Verantwortung drückt. In all den vielen Jahren, in denen sie jetzt zusammen waren, hatten sie
kaum einmal ernsthaft gestritten. Erst als Katrins
Mutter krank wurde und sie deshalb dauernd hin-
und herfahren musste, hatte sich so etwas wie Ge-
reiztheit in ihren Umgangston geschlichen. Katrin
war stiller geworden und Mareike hatte den Eindruck, in Katrins Leben nicht mehr an erster Stelle
zu stehen. Aber sie waren seit Jahren verpartnert
und lebten in einem gemeinsamen Haus – natürlich waren sie sich wichtig. Aber sehr prickelnd
war ihr Umgang nicht mehr. Wann war aus der

einst so geschätzten Beständigkeit Langeweile geworden? Gab es einen Weg aus dieser Falle?

Mutig lud Mareike ihr Foto hoch und nannte sich „Sonnenschein", aber weil das Programm bereits einen Sonnenschein hatte, musste sie umdisponieren. Schließlich nannte sie sich „Sonnenscheinheilige", was ihr in Anbetracht der Tatsache, dass sie ihr Kreuzchen bei „Single" machte, passend vorkam. Sorgfältig füllte sie ihr Profil aus. Anstatt jedoch in eine oder mehrere Gruppen zu gehen und abzuwarten, suchte sie aktiv selbst: im Umkreis, in ihrer Altersgruppe und deutlich darunter. Sie öffnete hier und dort ein Profil und hinterließ dabei Spuren im Netz der Lesbinas. Während sie selbst noch suchte, wurde sie gefunden.

Barbara war zeitgleich an ihrem Laptop. Er lag auf ihrem Schoß, während sie selbst in ihrem roten Ohrensessel fläzte. Wie immer ließ sich Barbara die Frauen anzeigen, die sich neu angemeldet hatten. Als sie das Foto von Mareike sah, erkannte sie sie sofort. Doch dann mochte sie es gar nicht glauben. Das kann sie nicht sein, dachte sie zweifelnd. Sie ist alt geworden. Wie lange ist das jetzt her? Fünfzig Jahre? Nein, mehr. Wir waren ja noch Kinder. Und natürlich bin ich auch alt geworden.

Aber sie sieht so aus wie die Frau im George Sand. Oder wenigstens so ähnlich. Woran ich mich halt so erinnere. Vielleicht habe ich nur Halluzinationen. Ich suche sie einfach schon so lange. Barbara zögerte. Doch dann grinste sie plötzlich breit und begann, Mareike zu schreiben.

„Liebe Sonnenscheinheilige", begann sie, „ich freue mich sehr, dich hier gefunden zu haben. Bist du nicht die kleine Mareike aus Gaggenau? Ich würde dich so gerne wiedersehen, du ahnst gar nicht, wie gerne … Liebe Grüße, Barbara."

Als bei Mareike die Nachricht aufpoppte, sah sie zuerst das Profilfoto von Barbara. Oh nein, dachte sie, viel zu butchig, die will ich nicht. Himmel, geht das schnell hier! Blockieren!!! Doch sie wusste nicht, wie. Steht da irgendwo blockieren, fragte sie sich, oder wenigstens löschen? Weil sie nicht auf Anhieb fand, was sie suchte, las sie mehr aus Versehen die Zeilen, die Barbara ihr geschrieben hatte.

Die kennt mich! Ach Gott, wie aufregend! Das musste Mareike erst einmal verdauen, genauso wie die Tatsache, dass sie gleich und sofort Post bekommen hatte und dass sie sie beinahe gelöscht hätte. Mareike wusste nicht warum, aber ihr Herz hatte zu hämmern begonnen und als sie die Hände hob, um eine Antwort in die Tastatur zu hämmern, wurde sie fiebrig. Es überkam sie ein unerwartetes Gefühl von Freude: Freude darüber, dass das Abenteuer nun endlich begann, gefüttert mit jener Art schlechtem Gewissen, die es noch aufregender machte.

„Ja, in der Tat, ich heiße Mareike", schrieb sie zurück. „Aber wer bist du? Ich kann mich an meine Kindheit in Gaggenau nur noch bruchstückhaft erinnern, aber ich wüsste nicht, eine Barbara gekannt zu haben. Bring doch bitte Licht in dieses Dunkel. Gruß, Mareike."

Ich war diejenige, die dir zugewunken hat, wollte Barbara zurückschreiben, aber im Schreiben selbst fand sie, dass es wie Baby und „Ich habe eine Wassermelone getragen" klang. Sie würde wohl etwas mehr ausholen müssen.

„Liebe Mareike, es ist natürlich schon eine Weile her. Wir waren beide schätzungsweise vier Jahre alt. Ich sträubte mich immer sehr, in den katholischen Kindergarten gebracht zu werden (warum, weiß ich heute auch nicht mehr), aber eines Tages sah ich dich auf der gegenüberliegenden Straßenseite und winkte dir zu. Du hast unheimlich goldig zurückgewunken, doch zu meinem Kummer wurdest du in den evangelischen Kindergarten gebracht. Das hat meine Mutter zumindest vermutet, denn ihr seid nach links abgebogen und nicht geradeaus gegangen."

Ach Gott, was für einen Unsinn schreibe ich denn da, dachte Barbara und unterbrach sich. Wenn sie sich an ihre Kindheit nur bruchstückhaft erinnern kann, dann wird sie sich auch nicht mehr an links oder rechts oder geradeaus erinnern. Aber dann dachte Barbara, dass sie nicht wissen kann, woran sich Mareike erinnern würde, und daher schrieb sie weiter und erzählte die ganze Geschichte. Sie ließ auch den Abend im George Sand nicht unerwähnt.

Das dauerte eine ganze Weile, während Mareike auf ihr Postfach starrte und darauf wartete, dass das Abenteuer weiterging. Aber das tat es nicht. Als sie hörte, wie Katrin nach Hause kam, seufzte Mareike und schaltete enttäuscht ihren Laptop aus.

Kaum eine Stunde später, nachdem sie einen neugierigen Blick auf ihr Smartphone geworfen hatte, fand sie, worauf sie gewartet hatte: eine neue Nachricht. I'm so excited, summte Mareike den alten Ohrwurm der Pointer Sisters, doch jetzt war nicht die richtige Gelegenheit, die Mail zu öffnen und in Ruhe zu lesen. Später, dachte sie, später, wenn ich im Bett bin … I'm so excited!

Sie aß mit Katrin zu Abend, tauschte Belanglosigkeiten mit ihr aus und zeigte in der Programmzeitschrift auf die Tatort-Wiederholung, die um 20.15 Uhr im Ersten laufen sollte. „Lust?", fragte sie.

„Lass uns doch mal wieder ins Kino gehen!", schlug Katrin überraschend vor.

Aber Mareike wollte nicht ins Kino. Was sie an jedem anderen Tag als willkommene Abwechslung erfreut angenommen hätte, schlug sie nun aus. Sie wollte hierbleiben, sich so schnell wie möglich zurückziehen und dann schauen, was diese ominöse Barbara ihr geschrieben hatte. Deshalb zuckte Mareike mit den Schultern und fragte vorsichtig: „Was läuft denn?"

„Keine Ahnung, aber das lässt sich ja leicht herausfinden", antwortete Katrin und hatte schon ihr Smartphone in der Hand.

„Ach, lass bitte", sagte Mareike. „Lass uns hierbleiben. Ich fühle mich nicht ganz wohl. Wir können ja morgen ins Kino gehen. Oder übermorgen."

„Okay", antwortete Katrin nachgiebig. „Bis dahin weiß ich auch, was kommt."

Nach dem Tatort zog sich Mareike so schnell in ihr Zimmer zurück, wie es die Höflichkeit gerade noch gestattete. Sie sagte unmissverständlich „Gute Nacht", um zu verhindern, dass Katrin vielleicht doch noch an ihre Tür klopfte und sei es auch nur, weil sie vergessen hatte, ihr irgendetwas zu erzählen. Kaum war sie im Bett, packte Mareike den Laptop aus, rief ihren neuen Lesbinas-Account auf und öffnete die Post.

Die Geschichte, die Barbara erzählte, war rührend, aber Mareike konnte sich an ihren Anteil daran überhaupt nicht erinnern. Daher vermutete sie, es läge eine Verwechslung vor und sie wäre - leider - niemals dieses Mädchen auf der anderen

Straßenseite gewesen. Aber merkwürdigerweise stimmten die Details: Sie hieß ja wirklich Mareike Kleinert, hatte als Kind in Gaggenau hinter einer rotbraunen Haustür gewohnt und ihr Haar war hell, fast weißblond gewesen. Sie war von ihrer Mutter in einen evangelischen Kindergarten gebracht worden, aber ob linksherum oder rechtsherum, das wusste sie nicht mehr. Eines Tages hatte ihr Vater seine Arbeit bei der Hausgeräte GmbH verloren und sie mussten wegziehen. Das war tatsächlich ihre Geschichte.

Mareike hielt inne und versuchte, sich in diese Zeit hineinzuversetzen, aber sie sah sich mehr in der Wohnung als auf der Straße, erinnerte sich mehr an Gerüche und Lichter als an Menschen. An ein Mädchen, das ihr von der anderen Straßenseite aus zuwinkte, konnte sie sich beim besten Willen nicht entsinnen.

Je länger Mareike darüber nachdachte, desto erstaunlicher fand sie, dass sich diese Barbara noch so viele Einzelheiten gemerkt hatte, ja sogar von ihrem damaligen Ausflug ins George Sand und der unangenehmen Toilettenszene wusste! Erst ein paar Monate nach diesem Vorfall hatte sich Mareike erneut in ein „solches" Lokal gewagt. Es nannte sich Candida und sie hatte die Adresse von einer Frau, die sie über eine neue Anzeigenzeitung namens „Sperrmüll" kennengelernt hatte.

Wieder war Mareike sorgfältig zurecht gemacht und stark geschminkt in dem dunklen Lokal erschienen, aber es war Karneval und die Lesben vor Ort dachten, sie hätte sich wohl nur verkleidet. Sie tanzten mit ihr bis in die frühen Morgenstunden und nahmen sie am Wochenende darauf sogar mit ins Valentino nach Düsseldorf, wo Mareike ihre erste große Liebe namens Tonya kennenlernte.

Mit dem Candida und dem Valentino war ihr Bedarf an Lesbenlokalen gedeckt. Wann immer die Rede auf das George Sand kam, winkte Mareike ab, denn schon allein die Tatsache, dass sie dort der Frau aus der Toilette wiederbegegnen könnte, war ihr unangenehm. Trotzdem hatte sie gleichzeitig das Gefühl, damals völlig überreagiert zu haben und dass sie dabei auch noch die Zeche geprellt hatte, war ihr peinlich gewesen.

Langsam wurde Mareike wirklich müde. Was für eine unglaubliche Geschichte, dachte sie. Da gibt es also eine Frau, die hat mich schon mein ganzes Leben lang auf dem Schirm. Kurt Tucholsky kam ihr in den Sinn: „… war das vielleicht dein Lebensglück … vorbei, verweht, nie wieder", und sie lächelte.

Ob diese Barbara jetzt bei sich zuhause genauso auf ihre Antwort wartete, wie sie vorhin auf die ihre? Mareike war eigentlich zu müde, um ausführlich zu antworten, aber sie mochte Barbara auch nicht warten lassen.

„Hallo Barbara", schrieb sie daher: „Wahnsinn. Lass mich das in Ruhe verdauen. Wenn ich dich richtig verstanden habe, lebst du jetzt in Köln, ich bin allerdings vor ein paar Jahren zurück in meine badische Heimat gezogen. Aber vielleicht können wir uns ja trotzdem einmal treffen. Schließlich schulde ich dir ein Glas Mineralwasser. Mit Zins und Zinseszins ergibt das ein Essen, zu dem ich dich gerne einlade. Was meinst du? Gruß, Mareike."

Ab und weg damit, dachte Mareike, als sie auf den Senden-Button klickte. Dann packte sie ihr Laptop zusammen, legte ihn weg und kuschelte sich in ihre Bettdecke. I'm so excited, and I just can't hide it, sang sie in Gedanken und ihr Herz hüpfte. Sie fühlte sich so großartig, dass sie dieses Gefühl gerne festgehalten und noch weiter ausgekostet hätte, aber noch während sie sich ihr künftiges Treffen mit Barbara ausmalte, schlief sie ein.

KIFFEN MIT ALEX

Alex und ich haben uns zum Kölner Lesbenfrühling verabredet. Ich freue mich sehr, denn ich kenne aus meiner Zeit aus dem George Sand, dem Candida, dem Valentino, der Blue Lounge und nicht zuletzt aus Lesbinas.de viele, viele Frauen und hoffe auf das eine oder andere ungeplante Wiedersehen. Dieses Aquarium birgt wie bereits erwähnt stets die gleichen Fische und ich genieße, es zu durchstreifen, Bützchen zu geben und zu bekommen und gelegentlich auch einmal ein wenig mehr.

Am Abend auf der ersten Party pralle ich leider gleich zu Anfang beinahe mit Hella von Sinnen zusammen, die mich mit zusammengezogenen Brauen böse anstarrt.

„Sie kann dich noch immer nicht leiden", kommentiert Alex die Situation, während sie mich am Hemdsärmel packt und wegzieht.

„Mein Gott, ist das denn noch immer nicht verjährt?", knurre ich vor mich hin und Alex lacht.

„Was ist denn dran an dem Gerücht?", fragt sie.

„Welches Gerücht?", frage ich unschuldig.

„Na, du und Cornelia?"

„Wie kommst du darauf?"

„Ich hörte etwas munkeln", antwortet Alex. „Immerhin: Sie ist blond!"

Ich mache auf empört: „Ich suche doch meine Frauen nicht nach der Haarfarbe aus!"

„Tust du doch", gibt Alex zurück, „und, was ist nun, ist was dran an der Geschichte oder nicht?"

„Ach, das ist alles lange her", sage ich ausweichend, denn über diesen Balzversuch meinerseits möchte ich ungern reden. „Außerdem ist es ohnehin egal. Die beiden sind schon seit Jahren getrennt."

„So wie Hella dich anstarrt, waren die beiden aber noch zusammen, als es passierte."

„Es war damals jedenfalls einen Versuch wert", murmle ich entschuldigend, während mich Alex entschlossen durch das Gewühl zieht, bis wir außer Sichtweite sind.

DJane Eléni ist unterdessen schon kräftig dabei, uns mit einem Mix aus Ballroom-Dancing, Classix, Club, Pop, Latin und Balkansound einzuheizen. Uns hält auch nichts mehr und wir tanzen, bis wir schweißnass und erschöpft sind. Anfangs lasse ich meine Augen noch über die Tanzfläche auf der Suche nach alten oder neuen Liebschaften wandern, dann aber gebe ich mich ganz der Musik hin, bis Alex mich erneut am Ärmel zupft und mir mit einer Kopfbewegung signalisiert, dass sie nach draußen gehen und frische Luft schnappen will.

Ich folge ihr so schnell ich kann, wobei ich ein bisschen traurig darüber bin, dass sich mir keine Frau in den Weg stellt und mich aufhalten will. Früher passierte mir das ständig. Ich werde alt, denke ich. Zu dumm.

Dann mache ich Alex ebenfalls ein Zeichen und biege in Richtung der Turnhallentoiletten ab. Dort sieht es ziemlich übel aus. Jemand hat wohl extensiv eine Klospülung gedrückt und damit das halbe Areal geflutet. Auf Zehenspitzen wate ich ins nächste Häuschen und achte peinlich genau darauf, meine dort heruntergelassene Hose nicht in den Pipimix am Boden zu tunken.

„Oh nein, wie hast du denn das geschafft?", höre ich eine junge Frau sagen.

„Weiß nicht, ist mir halt aus der Hand gefallen", antwortet eine andere junge Frau mit jener undeutlichen Aussprache, die auf reichlich Alkoholkonsum schließen lässt.

Ich bringe mein Geschäft zu Ende, packe alles wieder ein und verlasse die Kabine. Die beiden Frauen, beide jung und hübsch, stehen neben dem – wie immer leeren - Handtuchautomaten, wobei eine ein Smartphone mit spitzen Fingern weit von sich hält.

„Das lege ich hier zum Trocknen hin", sagt sie und legt es auf die Rippen eines Heizkörpers.

„Nein, da wird ihm zu warm", sagt die andere, wagt es aber nicht, das Handy wieder herunterzunehmen.

„Es ist Ende Mai", mische ich mich ein, während ich mir die Hände wasche. „Die Heizung ist gar nicht an."

Beide Mädels starren auf den Heizkörper, dann sieht eine von ihnen mich an und sagt mit einer Handbewegung zu ihrer Freundin: „Könntest du die nicht mitnehmen?"

„Wohin denn?", frage ich perplex und denke: Geht da was?

„Na, zu dir nach Hause."

„Aber da habe ich doch schon eine", lüge ich und lächle die Frau an, von der ich mittlerweile weiß, dass sie ihr Smartphone in die Pipisuppe fallen ließ. „Nicht, dass du mir nicht gefallen hättest, aber … sorry."

Das Mädchen lehnt mittlerweile mehr grün als blass an der Wand und nickt. Ich wische meine nassen Hände an meiner Jeans trocken und frage: „Soll ich dir ein Taxi rufen?"

Sie schüttelt abwehrend den Kopf.

„Falls doch, ich bin draußen", sage ich, zeige in Richtung Ausgang und mache mich auf den Weg.

Ich muss mich eine Weile umsehen, bis ich Alex wiederfinde. Die Turnhalle gehört zur

Gesamtschule in Holweide und ist daher ganz in der Nähe meines Ladens, aber auf dem Schulgelände kenne ich mich nicht aus. Doch die meisten Turnhallen liegen an einem Fußballfeld und das ist auch hier nicht anders. Dort finde ich Alex, wie sie gemütlich an einen Torpfosten gelehnt auf dem Boden sitzt. Völlig entrückt zieht sie an einer Zigarette und bläst danach Unmengen an weißem Dampf aus.

Ich habe Alex lange nicht mehr rauchen sehen, deshalb vermute ich, dass es sich bei dieser Zigarette um einen Joint handelt. In der Tat: Der satte, süße Geruch ist unverkennbar. Ich setze mich neben meine Freundin und nachdem Alex gemerkt hat, dass ich es bin, reicht sie mir wortlos den Joint. Ich nehme ihn und versuche mich an einem tiefen Zug, den ich möglichst lang in meinen Lungen halten will, während ich den Joint an Alex zurückgebe. Die Aktion geht schief, und obwohl ich meine Lippen fest aufeinanderpresse und versuche, den Atem anzuhalten, entweicht mir die Luft hell dampfend aus Mund und Nase. Natürlich muss ich dabei husten.

Alex lächelt gechillt, nimmt mir die Tüte ab und grinst: „Hast du dich jetzt eigentlich in der Zwischenzeit mit dieser Angela getroffen?"

Das ist typisch Alex. Sie will nicht wissen, ob ich die Tatsache verdaut habe, dass Mareikes Frau gelegentlich fremdgeht. Sie könnte sich denken, dass solche Informationen etwas mit mir machen. Aber Alex ist nur an Anfängen und Enden interessiert. Das Stück gelebte Beziehung in der Mitte ist für sie bedeutungslos. Eine Geschichte, die andauert, ist langweilig.

Komisch, mir geht es ganz anders. Ich frage mich immer, wie meine Mitmenschen ihre Beziehungen leben. Goldene Hochzeit? Ach du liebe Göttin, wie soll das gehen? Wie funktioniert so eine Ehe und wie kommunizieren die beiden miteinander? Auf Augenhöhe oder in festgelegten Rollen? Ich habe meine Eltern beobachtet, meine Nachbarn, meine Freundinnen, meine Studienkolleginnen und -kollegen sowie entfernte Bekannte und habe nur eine einzige, große, niemals laut gestellte Frage: Wie geht Beziehung?

„Ist das eigentlich normal, dass Frauen, die zusammenleben, irgendwann mal nicht mehr miteinander schlafen?", frage ich deshalb völlig unvermittelt, anstatt auf Alex Frage einzugehen.

„Keine Ahnung", antwortet sie überrascht. „So lange habe ich mit keiner zusammengelebt, als dass ich darüber verbindlich Auskunft geben könnte. Außerdem wissen wir ja meistens gar nicht, ob die beiden nicht doch noch Sex haben oder nicht."

„Welche beiden?", frage ich bekifft und sie sieht mich erstaunt an. Dann fängt sie an zu kichern und ich kichere mit. Langsam steigert sich unser

Kichern in ekstatisches Lachen und wie kleine Mädchen kriegen wir uns beide nicht mehr ein. Mannomann, ich will in diesem Moment nicht wirklich wissen, wie viel von was sie in diese Tüte gepackt hatte!

„Man hört das aber öfter", behauptet Alex, nachdem sie sich gesammelt hat. „Natürlich auch von Heteros. Mir würde das gewaltig stinken!"

„Aber vielleicht ist Sex bei einem gewissen Vertrautheitsgrad einfach nicht mehr wichtig?", versuche ich das Phänomen zu deuten.

Mit einem kräftigen „Pffffff" lässt Alex Rauch aus ihrem linken Mundwinkel entweichen. „Wie kann einem das nicht mehr wichtig sein?!?"

Ich zucke hilflos mit den Schultern, denn ich weiß es ja schließlich auch nicht. Einen Moment lang hängen wir beide unseren Gedanken nach. Diskomusik klingt von der Turnhalle zu uns herüber. Mein rechter Fuß wippt im Takt. Alex hält mir den Joint hin, doch ich winke ab. Ich bin ohnehin bereits breit wie hoch. Dann sage ich, ganz coole Sau: „Klar habe ich mich mit Angela getroffen."

Alex lacht auf, ich lache mit, und … siehe oben.

„Wie war's?", fragt Alex schließlich und fügt ein: „Wie oft wurde gepupst?" hinzu.

„Meines Wissens gar nicht", antworte ich und fange an zu erzählen.

Ich traf Angela an einem Samstagvormittag am Wanderparkplatz Hahnenfurther Weg. Wieder hatten wir beide eine lange Anfahrt und wieder war ich diejenige, die als zweite ankam. Angela hatte es sich auf einer kleinen Parkbank gemütlich gemacht, während sie auf mich wartete. Ich sah sie, noch während ich auf den Parkplatz fuhr und mein Herz schlug bis in den Himmel.

„War sie blond?", fragt Alex mitten in meine Erinnerungen.

„Kein bisschen", antworte ich und denke, ich sollte ihr bei dieser Gelegenheit einmal erklären, dass ich im tiefsten Herzen eigentlich sapiosexuell bin. Aber dann würde sie sich kranklachen, fragen, was das denn nun schon wieder bedeuten soll und ich würde ihr sagen, dass das bedeutet, dass man den Geist eines Menschen liebt und nicht seinen Körper. Jaqueline Kennedy und Aristoteles Onassis, Maria Callas und Aristoteles Onassis und so weiter. Aber das würde uns einfach zu weit vom Thema wegführen, daher versuche ich, mich auf meine Geschichte mit Angela zu konzentrieren.

Ich parkte nervös mein Auto und ging auf sie zu, mit einer grauen Wanderhose und einem schwarzen Funktions-T-Shirt bekleidet, den kanariengelben Rucksack auf dem Rücken. Mit meinen O-Beinen laufe ich wie eine Mischung aus Hulk und John Wayne - und ich weiß das. Mir beim

Anmarsch zuzusehen ist sicher nicht dazu geeignet, Schmetterlingslarven ins gegnerische Herz zu pflanzen.

Aber ich strahlte über das ganze Gesicht, während ich auf sie zustampfte. Angela saß wahrlich engelsgleich auf dieser Bank: schlank, kraftvoll, mit langem, sich wellendem, dunkelbraunen (sic!) Haar. Nur hatte sie für eine Lesbe erstaunlich lange Fingernägel.

„So viel zum ersten Eindruck", kommentiert Alex trocken und schnippt die Kippe weg.

Ja, vom ersten Moment an hatte mich Angela beeindruckt. Wir kamen so problemlos ins Gespräch, dass wir schnell die Eckdaten abhaken und ans Eingemachte gehen konnten. Schon bei Kilometer vier erzählte sie mir von ihrer vorletzten Beziehung. Bei Kilometer sechs wurde es relevant: Da ging es um die letzte Beziehung, vom Kennenlernen bis zum bitteren Ende.

Ich liebte es, ihr zuzuhören. Es war schnell klar, wie ungewöhnlich und unabhängig sie war: Jung noch, aber schon zwei mit Promotion erfolgreich abgeschlossene Studiengänge, und seit kurzem Teilhaberin bei einem Global Player. Dass sie eine Frau war, störte ihre Karriere nicht, denn sie sah zwar aus wie eine, agierte aber nicht so. Von der knallharten Business-Frau, die in ihr steckte, erfuhr ich aus ihren Erzählungen. Die Angela aber, die mir davon erzählte, war liebenswert, hatte

Wünsche, Sehnsüchte und Bedürfnisse. Sie war eine Frau, die all ihre Kraft in ihre Bildung und in ihren Job gesteckt hatte, aber die ebenso wusste, dass sie auf der anderen Seite Defizite hatte.

Dennoch fand ich sie auch ein wenig elitär. Wenn sie gerade keine Beziehung hatte, verkehrte sie ausschließlich mit ihren Eltern und den Wirten ihres Stammlokals. Nicht mit Freundinnen, nicht mit Kollegen. Sie wollte auch mit niemandem privat telefonieren. Angela lebte auf eigenen Wunsch in einem Elfenbeinturm, aber ab und zu ging sie wandern, in der Hoffnung, dass sich etwas ändert.

Dieses rigorose privat-nicht-telefonieren-wollen fand ich äußerst suspekt. Dass sie vegetarisch lebt, Plastik und Gifte meidet, fand ich so lange in Ordnung, bis sie voller Entsetzen an ihrem linken Bein eine kleine, schwarze Zecke entdeckte, die in Richtung Schamhügel wollte. „Mach sie weg, mach sie weg!", rief sie panisch.

„Und dann durftest du ihr am Bein rummachen?", fragt Alex breit grinsend.

„Das war nicht ganz so ein Vergnügen, wie du denkst!", verteidige ich mich.

Zwar hielt Angela mir ihr verzecktes Bein hin, und obwohl ich keine Lesebrille dabeihatte, konnte ich das kleine Spinnentier auf ihrem Oberschenkel ausmachen, das zielstrebig nach oben weiterkrabbeln wollte. Aber nun war ich gezwungen, dieses winzige Wesen mit meinen dicken Pratzen zu schnappen und wieder irgendwie loszuwerden, wenn ich nicht meine eigenen Finger als Ansaughafen anbieten wollte. Irgendwie gelang mir das Kunststück, die Zecke zu packen und auf einem Blatt am Wegesrand abzustreifen. Sofort begann Angela, wütend auf ihm herumzutrampeln, um Blatt samt Zecke platt zu machen.

Dabei bot ich ihr mein Repellent an, das ich selbstverständlich neben Wasser und Vesper bei mir hatte. Doch Angela lehnte ab: So ein Gift wolle sie nicht auf ihrem Körper verstreichen.

Okay, dachte ich in diesem Moment noch und wir liefen munter weiter. Dabei erzählte sie mir von ihrer letzten Mitwanderin, die es danach erzwingen wollte und sich gleich am nächsten Tag überraschend in Angelas Stammlokal gesetzt und dort auf sie gewartet hatte.

„Ich habe sie sofort blockiert und gestrichen!", erklärte Angela und ich fragte vorsichtig nach, ob das denn nun wirklich nötig gewesen wäre. „Die Frau war verliebt und hoffte, es geht dir genauso!", nahm ich meine Vorgängerin in Schutz. Auweia, dachte ich mir gleichzeitig. In die darfst du dich auf gar keinen Fall verlieben, es sei denn, sie gebietet es dir.

In diesem Moment hörte ich einen erneuten Aufschrei. Angela hatte eine weitere Zecke entdeckt, dieses Mal an ihrem rechten Bein, hinten links. Ich ging erneut in die Hocke und zückte Daumen und Zeigefinger, um vorsichtig das kleine Schwarze abzutragen. Ich streifte es an einem Stein ab. Danach bot ich Angela mein Repellent erneut an und sie lehnte wieder ab.

Dieses Spiel ging noch fünf (!) Mal so, bis ich ihr mein Repellent regelrecht aufdrängte. Danach war das Thema Zecken erledigt.

„Och", sagt Alex, „ich hätte ihre Beine an deiner Stelle schon noch eine Weile bekrabbelt."

„Ja, das hätte ich auch gerne, wenn ich in diesem Fall eine der Zecken gewesen wäre. Aber so war es nicht wirklich lecker."

„Hatte sie denn keine schönen Beine?"

Ich winde mich ein wenig. „Ein bisschen plump", gebe ich dann zu. „Aber immerhin gerade", füge ich im Hinblick auf meine eigenen O-Beine hinzu.

Alex lacht natürlich wieder.

Wenn man von den Zecken einmal absieht, war es eine sehr schöne Wanderung, das muss ich zugeben. Angela und ich hatten uns von Anfang bis Ende so gut unterhalten, dass wir uns sogar verliefen. Als wir das feststellten, standen wir in der Pampa und wussten nicht weiter. Zum Glück hatten wir mit unseren Smartphones noch so viel Empfang, dass wir Google Maps einschalten konnten, das uns sicher an den Ausgangspunkt unserer Wanderung lotste. Insgesamt sind wir natürlich keine zwölf, sondern fast siebzehn Kilometer gewandert und waren am Schluss so ausgehungert, dass es keine Frage mehr war, ob wir zusammen essen gehen oder nicht. Ich stieg einfach in ihren Porsche und ließ mich von ihr zum Italiener in Gruiten fahren.

Dort aßen, tranken und redeten wir, bis die anderen Gäste gegangen waren und der Wirt sichtlich unruhig wurde. Als wir aufbrachen, waren wir in bester Stimmung, auch weil jede ein Gläschen Lambrusco getrunken hatte. Angela fuhr mich mit ihrem Wagen zurück zu meiner Künstlerkarre (alt, aber handbemalt), wo wir uns freundlich verabschiedeten. Ich drängte ihr sogar je ein Küsschen rechts und links auf, wogegen sie sich nur geringfügig wehrte. Als ich ausstieg, sagte sie: „Schick mir eine Nachricht, wenn du gut zuhause angekommen bist." Bingo, dachte ich und versprach es: „Du aber auch!"

Sie war natürlich schneller zuhause als ich und so hatte ich ihre Nachricht schon, als ich ihr meine schicken wollte. Wir whatsappten noch eine Weile hin und her, wünschten uns eine gute Nacht und süße Träume und dann fiel vermutlich jede von uns todmüde ins Bett.

„Wann siehst du sie wieder?", will Alex wissen.

„Ich fürchte, gar nicht", antworte ich zerknirscht.

„Was hast du angestellt?"

Tatsächlich bekam ich am nächsten Tag eine Guten-Morgen-WhatsApp mit der Frage, ob ich sie nicht am heutigen Sonntagnachmittag in ihrer Lieblingskneipe treffen wolle.

„Tatatata", sagt Alex und ahmt einen Karnevalstusch nach.

Leider konnte ich an diesem Nachmittag nicht. Ich hatte bereits eine Verabredung.

„Du hättest sie absagen können", meint Alex. „Frau muss Prioritäten setzen."

Da hat sie natürlich recht, aber sie kennt ja auch Frau Bräuninger nicht. Die alte Dame kam eines schönen Tages in meinen Laden und kaufte einen Kalender und noch ein paar kleine Sächelchen. Wir sprachen miteinander und von da an kam sie immer wieder. Manchmal begleitete sie mich sogar in meine Werkstatt und sah mir beim Zeichnen und Malen zu. Auf ihre Anregung hin trugen meine Frauenfiguren eine Weile lang rauschende Rockabilly-Petticoats, wie sie in den 1950-er Jahren en vogue waren, fixierten ihr Kopftuch mit einem Schlupf am Kinn und fuhren Roller. Diese Kalendergirls verkauften sich wie warme Semmeln und ein paar Motive aus dieser Serie ließ ich auf Tassen drucken, die sich ebenfalls gut verkauften.

Selbst zu meinem derzeitigen Lieblingsposter hat mich Frau Bräuninger inspiriert. Da posiert eine Frau im Petticoat und Schlupf im Haar mit dicken, angehobenen Oberarmen vor dem Spiegel und der Sinnspruch darüber lautet: „Sei dein eigener Held!"

Schon vor Wochen hatte mich nun Frau Bräuninger, die sonst immer mich in meinem Laden besucht hatte, zu sich zum Kaffee eingeladen. Ich hätte es niemals übers Herz gebracht, ihr so kurzfristig abzusagen und sie auf der Torte sitzenzulassen, die sie für uns gebacken hatte.

„Hättest du nicht nach dem Kaffee mit Frau Bräuninger zu Angela fahren können?", fragt Alex.

Das hatte ich Angela angeboten. Ich schrieb ihr zurück, wie sehr mich ihre Einladung freut, dass ich aber am Nachmittag schon eine Verabredung hätte, dafür aber gerne am Abend käme. Sie schrieb zurück, dass sie Montag ja schließlich wieder arbeiten und deshalb früh ins Bett müsse, wenn ich erst abends käme, wäre es ihr zu spät. Das war's. Sie hat von da an keine einzige meiner Nachrichten mehr beantwortet."

„Hat sie dich geblockt?"

„Nein, einfach nur ignoriert", antworte ich bekümmert. „Wer hätte gedacht, dass ich nur eine Chance habe?"

„Ich", meint Alex selbstbewusst.

„Das ist alles so ein Quatsch, Alex. Es gibt einfach kein entspanntes Kennenlernen mehr. Keiner telefoniert mit dir oder kommt zu einem Treffen, wenn nicht im vorneherein alles klar gemacht wurde. Das ist ‚Kennenlernen mit Erfolgskontrolle'! Wieso kann man sich nicht einfach treffen und gucken, was geht und was nicht? Wir zwei haben uns doch auch ganz easy kennengelernt!"

„Stimmt", sagt Alex und denkt nach. „Ja, aber es war entspannt, weil wir nichts voneinander wollten!"

„Das wussten wir doch vorher nicht!", rücke ich ihre Erinnerung zurecht. „Wäre ich deine Traumfrau gewesen und du meine, wäre dieser Sonntag anders abgelaufen."

„Stimmt", sagt Alex erneut.

„Was also unterschied unser Treffen von dem mit anderen Frauen?", frage ich.

„Wir sind einfach die Coolsten!", zuckt Alex mit den Schultern und grinst.

Ich grinse auch. „Wie geht es mit Yvette?" frage ich dann.

„Oh, ich fürchte, die Beziehung schwächelt."

Ich grinse weiter. Ich wusste schon immer, dass Alex eine Jägerin ist. Sie hält sich an die Regel „Don't hunt what you can't kill" und ist meist erfolgreich. Aber was nicht mehr neu ist, ist auch nicht mehr aufregend. „Magst du darüber reden?", frage ich.

„Was gibt es da zu reden?", fragt Alex ehrlich verblüfft. „Die rosarote Brille ist runter und was ich jetzt sehe, ist ziemlich grau."

Das sind Momente, in denen es mich freut, dass ich mich niemals in Alex verliebt habe. Obwohl sie blond war, als ich sie zum ersten Mal traf und ich – ehrlich gesagt - doch auf blond stehe.

„Erzähl!", sage dieses Mal ich.

„Ich weiß gar nicht so genau, was ich erzählen soll", beginnt Alex. „Wir waren letztes Wochenende zusammen. Am Samstag war noch alles gut und am Sonntag redete sie nur noch von ihrer Ex. Ich sagte: ‚Hör zu, wenn du lieber mit deiner Ex zusammenwärst, ich halte dich nicht!' und da hat sie ihre Sachen gepackt und ist gegangen."

„Oh", sage ich. „Ohne weitere Erklärung?"

„Ohne weiteres. Sie hat mich wegen ihrer Ex verlassen! Ist das nicht der Hammer?"

„Nein, eigentlich ist das der Klassiker in unserem Alter", sage ich nachdenklich. „Die Frauen steigen dann aus ihren Beziehungen gar nicht mehr richtig aus, sondern testen die Neue nur. Oder sie steigen aus, um dann festzustellen, dass das Gras woanders auch nicht grüner ist, und rennen mit wehenden Fahnen wieder zurück."

„Ich habe im Urlaub mal eine kennengelernt", erzählt Alex nachdenklich, „Eva, die war eigentlich eine Hete. Sie war fünfundfünfzig Jahre alt, als sie der einen Frau begegnet ist, in die sie sich dann Hals über Kopf verliebte. Eva hat sofort alles aufgegeben, hat sich von ihrem Mann getrennt, ihren Kindern Bescheid gesagt und ist mit dieser Frau zusammengezogen. Nach einem Jahr angeblich puren Glücks ist diese Frau dann von heute auf morgen ausgezogen und hat ihre Ex geheiratet. Eva war am Boden zerstört. Zu allem Unglück wurde sie auch noch herzkrank. ‚Broken heart syndrom', sagten die Ärzte. Als Eva mir das erzählt hat, dachte ich noch, so etwas passiert mir nicht!"

„So etwas passiert dir auch nicht", sage ich, stehe auf und halte ihr die Hand hin, um ihr aufzuhelfen. „Du bist nicht am Boden zerstört." Ich ziehe Alex nach oben und schaue ihr direkt ins Gesicht. „Oder doch?"

„Nein", antwortet sie. „Aber stinkesauer."

DAS WIEDERSEHEN

Am Tag nach ihrem ersten Mailkontakt telefonierten Mareike und Barbara miteinander. Sie klingt gar nicht so butchig, fand Mareike. Im Gegenteil: Sie klingt fröhlich und spontan. Und sie ist witzig. Eine Künstlerin! Schlägt sich mit selbstgezeichneten Kalendern durch. Ich muss gleich einen bestellen, heimlich, dachte sie beeindruckt. In ihrem bisherigen Leben hatte es keine Künstlerinnen gegeben, zumindest nicht, dass sie sich an eine erinnern konnte. Klar hatte sie mit Katrin und deren Vorgängerin Tonya Ausstellungen, Theateraufführungen und Lesungen besucht, aber nie jemanden gekannt, der malte, schauspielerte oder schrieb.

Sie schwäbelt ein bisschen, dachte Barbara, obwohl, das ist ja gar kein Schwäbisch, das ist der badische Zungenschlag, nun ja, das kann frau schon mal verwechseln. Sie selbst hatte den Dialekt ihrer Kindheit abgelegt, als sie nach Köln gezogen war, weil sie dort in der ersten Zeit kaum verstanden wurde. Mittlerweile sprach sie gemäßigtes Kölsch im typisch rheinischen Singsang, aber sie konnte es auch derber.

Unabhängig von der Sprachfärbung hatten sich die beiden Frauen am Telefon gut verstanden. Mareike hatte viel gelacht, als Barbara ihr Leben beschrieb. Als sie dann über sich sprach, hatte Barbara den Eindruck, Mareike führe ein Leben als Dornröschen und es wäre an der Zeit, dass sie, Prinz Barbara, endlich mit einem Schimmel vorbeireite. Und schon vereinbarten sie ein Treffen.

Barbara wollte mit dem Zug nach Karlsruhe kommen, wo Mareike sie abholen und in einem Hotel ihrer Wahl unterbringen würde. Sie würden sich kennenlernen und … open End. Wenn es nicht funken oder funktionieren würde, wäre Mareike schnell wieder zuhause und auch zurück nach Köln fuhren halbstündlich Züge. Beiden Frauen stünden alle Fluchtwege offen.

„Ein Restrisiko bleibt", warnte Mareike am Telefon. „Wir könnten uns verlieben."

Eine Sekunde war es still am Telefon. Dann sagte Barbara heiser: „Das habe ich mich schon vor fünfundfünfzig Jahren!"

Mareike schwieg beglückt. I'm so excited! I'm about to lose control and I think I like it, sang eine Stimme in ihrem Kopf, während sie in ihrem Kalender blätterte und Barbara schließlich das nächste Wochenende nannte, an dem Katrin bei ihrer Mutter in Rostock sein würde. „Kannst du da?", fragte sie.

„Lass mal sehen", antwortete Barbara, die in einem ihrer selbstgezeichneten Frauenkalender die Termine durchging. „Ja, das passt!", sagte sie dann. „Ich schaue noch die Züge durch und gebe dir dann Bescheid, wann genau ich ankomme!"

Das Treffen mit Barbara hatte schon aufgrund ihrer gemeinsamen Geschichte für Mareike etwas Magisches, auch wenn sie sich gar nicht an ihren Part erinnern konnte. Allein die Tatsache, dass es eine Frau gab, die sie all die Jahre in ihrem Herzen behalten hatte, sorgte für einen warmen, wohligen Aufruhr in ihrem Innersten und für weiche Knie. Sie fühlte sich wie eine Prinzessin und Mareike war schon allein deshalb bereit, sich in Barbara zu verlieben, auch wenn sie sie noch gar nicht kannte.

An jenem Freitagmittag hatte sie sich etwas fahrig und abgelenkt von Katrin verabschiedet, die ungeachtet ihrer Bitte, doch den Zug zu nehmen, wieder mit ihrem Wagen nach Rostock fuhr. Dafür war Katrin allerdings so früh abgereist, dass Mareike noch Zeit hatte, sich ausgiebig zu duschen und unliebsame Härchen an den Beinen und in den Achseln zu epilieren. Als sie begann, sorgfältig ihre Fingernägel zu kürzen, kam so etwas wie ein schlechtes Gewissen in ihr auf, aber gleichzeitig war sie so aufgeregt – excited! -, dass sie die Feile mehrmals weglegen und tief durchatmen musste. Blutdruck erhöht, Herzschlag beschleunigt, konstatierte sie als Heilpraktikerin und lächelte. Diese Verabredung war auf jeden Fall das Aufregendste, was ihr jemals passiert war.

Barbara hingegen bekam auf ihrer Zugfahrt nach Karlsruhe kalte Füße. Ihr ganzes Leben lang hatte sie immer an diese kleine Mareike gedacht, wie sie ihr von der anderen Straßenseite aus zugewunken hatte, aber auch wenn sie es forciert hatte, so war sie sich doch nicht sicher, ob sie Mareike wirklich wiedersehen wollte. Es war eine Sache, von der kleinen Mareike zu träumen, aber es war etwas ganz anderes, die erwachsene, ja mittlerweile bereits gealterte Mareike zu treffen und wirklich kennenzulernen. Wahrscheinlich sind wir beide zu alt für so einen Scheiß, dachte sie, während sie ihre feuchten Hände an der Jeans abwischte. Wir hätten uns früher treffen sollen. Vor zwanzig oder dreißig Jahren, als wir zwanzig oder dreißig Jahre alt waren. Ich sollte aussteigen, umsteigen, zurückfahren, absagen.

Unterdessen stieg Mareike in ihr kleines Auto und fuhr die etwas mehr als dreißig Kilometer an den Bahnhof Karlsruhe. Die vielen Baustellen am hinteren Bahnhofseingang überraschten sie, aber sie war auch lange nicht mehr hier gewesen. Leider waren alle ihr bekannten Parkplätze einer riesigen Baugrube zum Opfer gefallen. Jetzt einen neuen Parkplatz suchen zu müssen, potenzierte Mareikes Nervosität. Auch ihre Hände schwitzten plötzlich und ihr Herz raste, bis sie die Einfahrt in die Tiefgarage entdeckte.

Natürlich fand sie auch hier nicht auf Anhieb einen freien Platz. Alle Frauenparkplätze waren belegt, doch damit hatte sie gerechnet. Aber so weit vom Ausgang weg parken zu müssen, kam ihr nicht entgegen. Aus Eitelkeit hatte sie Schuhe mit einem mittelhohen Absatz angezogen, sie würde absatzklappernd durch die Gegend hetzen müssen. Egal, da war eine freie Stelle. Mareike war so erleichtert, dass sie beim Rückwärtsfahren beinahe einen anderen Wagen gestreift hätte. Mit einem kräftigen Tritt auf die Bremse konnte sie das Unglück noch verhindern. Dann stand sie, halb in der Parklücke, halb auf der Zufahrt und legte ihren Kopf aufs Lenkrad. Komm runter, sagte sie sich, alles ist gut, nichts ist passiert, komm runter, sei witzig, sei schön, sei begehrenswert, gib Rätsel auf, aber beruhige dich, komm runter.

Noch ein tiefer Atemzug, dann schaffte sie es, problemlos einzuparken. Sie stieg aus, zog ihren Pullover zurecht und ging mit schnellem Schritt zum Ausgang. Zu allem Überfluss musste sie jetzt auch noch dringend aufs Klo, wie immer, wenn sie nervös war. Ob Barbara wohl auch so aufgeregt ist, fragte sie sich, während sie auf die Bahnhofsuhr sah. Gut, sie hatte noch zwölf Minuten Zeit, der Zug sollte erst 18.58 Uhr ankommen. Wo waren noch einmal die Toiletten? Richtig, am anderen Ende des Bahnhofs. Dann aber dalli!

Natürlich war Barbara unterwegs nicht ausgestiegen. Sie schloss bis zuletzt nicht aus, dass sie kneifen würde, aber sie wollte es dann wenigstens mit Würde tun. Sie würde Mareikes Hände nehmen und sagen, es täte ihr leid, aber sie wolle sie gar nicht kennenlernen, es wäre wie ein Verrat an ihrem eigenen Traum. Gleichzeitig wusste Barbara, dass sie das nicht tun würde, sie würde das jetzt durchziehen, mit Mareike zu Abend essen und dann wieder abreisen. Genau! Das wäre wahrscheinlich das Beste, nachdem sie schon einmal hier war.

Als der Zug in Karlsruhe einfuhr, lehnte Barbara an einer Tür und sah nach draußen. Sie konnte sich nicht erinnern, schon einmal in der Fächerstadt gewesen zu sein, aber es gefiel ihr auf den ersten Blick auch nicht sonderlich. Ganz klar, sie würde am Abend zurückfahren, es war eine blöde Idee gewesen, hierher zu kommen.

Geschafft! Mareike hatte die Bahnhofstoilette erreicht, einen kompletten Euro in die Schrankenkonstruktion geworfen und dafür einen 50-Cent-Voucher erhalten, von dem sie wusste, dass sie ihn niemals einlösen würde. Dennoch steckte sie ihn in ihren Geldbeutel, bevor sie eine Kabine aufsuchte und sich erleichterte. Dann ging sie sich die Hände waschen und zog in Ruhe ihren orangefarbenen Lippenstift nach, der so gut zu ihrem hellblonden, bislang nur leicht ergrauten Haar passte. Jetzt fühlte sie sich gut genug gerüstet für ihren Gang zum Gleis Zwei. Als sie es erreichte, war sie nicht mehr aufgeregt, sondern fühlte sich ruhig und stark. Sie hatte alles getan, was sie von sich aus hatte tun können, jetzt konnte sie es laufen lassen. Sie war da, sie war bereit.

Barbara lümmelte noch immer in der Zugtür. Mittlerweile hatten sich hinter ihr Menschen gedrängt, die ebenfalls alle aussteigen wollten, aber Barbara verteidigte ihren ersten Platz mit körperlicher Präsenz. Sie sah gelangweilt hinaus auf den tristen Bahnsteig, auf dem sich unendlich viele Menschen tummelten, die alle auf diesen einen Zug warteten. Aber da, ein Blitz durchzuckte Barbara, da stand sie: die kleine Mareike, eine Lichtgestalt in der Menge! War das zu fassen? Ihre kleine Mareike, schillerte und leuchtete aus der Masse! Barbara schluckte gerührt und kämpfte gegen aufsteigende Tränen, während sie wie wild an der Zugtür riss und nach draußen sprang, sobald der Zug anhielt.

Sie hielt die Tragegurte ihres kanariengelben Rucksacks mit den Daumen in Brusthöhe fest und hastete auf Mareike zu, die mit dem Rücken zu ihr stand und nach ihr Ausschau hielt. Barbara war keine drei Meter mehr von ihr entfernt, als sich Mareike instinktiv umdrehte, sie sah und erkannte. Ihre leuchtenden Augen erlaubten es Barbara, sie ohne Umschweife in die Arme zu nehmen und fest an sich zu drücken. Fest und ganz lange.

Der Rest war einfach. Die Frauen lösten sich voneinander, nahmen sich an den Händen und verließen fröhlich schwatzend den Bahnhof am Hinterausgang. Dort lag über der Straße das B&B Hotel, in dem Mareike Barbara angemeldet hatte. Alle

Zweifel waren beseitigt und wie verabredet checkte Barbara ein. Klar würde sie hierbleiben, jetzt, wo sie sie endlich gefunden hatte, ihre Lichtgestalt aus Kindertagen!

„Ich mache mich noch schnell frisch, bevor wir essen gehen. Kommst du mit?", fragte Barbara, als sie das kleine Plastikkärtchen ausgehändigt bekommen hatte, mit dem sie ihr Zimmer öffnen und schließen konnte. Mareike nickte und konnte nicht verhindern, dass sie ein kleines bisschen rot wurde.

Im Zimmer angekommen, setzte sie sich auf das große französische Bett und sah sich um, während Barbara duschte. Es war in Weiß und hellem Grün gehalten und die Tapete einer Wand war witzigerweise ein Stadtplan von Karlsruhe. Mareike trat näher heran und sah nach, wie sich die Straßen vom Schloss her fächerförmig ausbreiteten. Hübsch gemacht, dachte sie.

„Ich habe dir etwas mitgebracht", sagte plötzlich Barbara hinter ihr und Mareike erschrak, als wäre sie bei etwas ertappt worden. Sie drehte sich um und sah, dass Barbara nur in ein hellgrünes Duschtuch gehüllt war und ihr ein flaches Päckchen hinhielt. Es war in Geschenkpapier gewickelt, auf dem sich witzige Frauenfiguren aller Formate tummelten.

„Danke", sagte Mareike, nahm das Päckchen entgegen und setzte sich damit auf das Bett. Schon saß Barbara neben ihr, ganz nah, ganz präsent, frisch geduscht duftend. Mareike lächelte verlegen. „Ist das von dir?", fragte sie und deutete auf das Geschenkpapier.

„Ja, das Papier und der Inhalt, alles meine Designs", antwortete Barbara mit einem Anflug von Stolz und während Mareike das Geschenk öffnete, zeichnete sie mit ihrem Zeigefinger die Linie ihres Nackens nach. Wieder wurde Mareike rot, als dieses Gefühl von ihrem Nacken aus in ihren ganzen Körper fuhr.

„Ein Kalender", sagte sie abgelenkt, als sie das Papier endlich vom Inhalt entfernt hatte. „Vielen Dank, ich wollte mir schon einen bestellen. Wow, der ist wirklich sehr hübsch. Und das sind alles deine Ideen, deine Motive? Wie toll die Frauen angezogen sind – ist auch eine mit einem Bollenhut dabei?"

„Nein, noch nicht", flüsterte Barbara, „aber das wäre eine Idee." Sie nahm Mareike den Kalender aus der Hand und legte ihn auf den Boden. Verwirrt sah Mareike sie an, dann stotterte sie: „Warte, ich habe dir auch etwas mitgebracht …"

„Nachher", sagte Barbara sanft, zog Mareike an sich und küsste sie.

Es wurde ein langer Kuss und es blieb auch nicht bei dem einen. Als wäre ein Deich gebrochen überflutete sie die Lust, und während Barbara frei und erfahren die Führung übernahm, zeigte sich Mareike ohne Scham und gab sich willig hin. „Ich hatte keine Ahnung, dass ich so hungrig bin", dachte sie, als sie sich später auf Barbara stürzte und nun ihrerseits die Führung übernahm. Für Mareike war alles ein Rausch und ein einziger Orgasmus, voller Schweiß, Wollust und Ekstase. Und natürlich kam auch Barbara auf ihre Kosten.

Draußen war es bereits dunkel geworden, als sie für den Moment erschöpft nebeneinander lagen. „Wollen wir noch essen gehen?", fragte Barbara.

„Ich bin eigentlich gerade sehr wohlig satt", antwortete Mareike mit einem Lächeln. „Hast du Hunger?"

„Nur auf dich!", antwortete Barbara und der Tanz begann erneut.

„Ach, ich habe doch noch ein Geschenk für dich!", sagte Mareike nach einer Weile, als sie wieder zur Ruhe gekommen waren. Sie stand auf und suchte nach ihrer Hobo-Tasche. Mein Gott, sie trägt tatsächlich noch den ganzen Busch, No-Go, dachte Barbara, während sie Mareike beobachtete, und X-Beine hat sie auch. Komisch, das ist mir vorhin gar nicht so aufgefallen, aber nun ja, sie trug ja auch eine Culotte.

Schließlich fand Mareike ihre Tasche am Ende des Bettes, wühlte darin und zog dann ein Glas Honig heraus. „Kirschhonig aus Gaggenau, bio", sagte sie zur Erklärung, während sie Barbara das Glas reichte.

„Danke schön", sagte Barbara und begutachtete scheinbar wertschätzend das Etikett. Ausgerechnet Honig, dachte sie, ich hasse Honig. Wer isst schon Bienenspucke? Dann zog sie Mareike an sich und küsste sie zum Dank. Und dann noch einmal und noch einmal.

Schließlich war Mitternacht vorbei und keine hatte mehr an ein Abendessen gedacht. „Bleibst du hier?", fragte Barbara und Mareike nickte. „Ob ich wohl runter soll, mich anmelden?"

„Das wird wohl morgen früh reichen, bevor wir frühstücken gehen", antwortete Barbara.

„Du meinst nicht, dass sie gleich bewaffnet vor der Tür stehen, weil sich ein blinder Passagier eingeschlichen hat?", fragte Mareike kichernd.

„Jetzt werde nicht albern", antwortete Barbara gedankenlos, sah aber im Schein der Leselampe, wie Mareikes Gesicht gefror. „War nicht so gemeint", fügte sie hinzu. „Ich glaube, ich bin einfach müde. Lass uns schlafen."

Mareike nickte und kuschelte sich an Barbara. Ich bin auch müde, dachte sie, ich muss das jetzt nicht überbewerten. Aber ein komisches Gefühl blieb wie ein leichter Krampf im Bauch, es war ein wenig flau wie Angst und ein wenig schwer wie eine düstere Vorahnung. In diesem Moment nahm

Barbara sie in die Arme und sie schliefen eng umschlungen ein.

Am nächsten Morgen schien einfach nur die Sonne. Mareike zog aus ihrer Beuteltasche frische Dessous und ein Kosmetikmäppchen, in das sie auch eine Zahnbürste gesteckt hatte und ging bestens gelaunt ins Bad, während Barbara noch ein wenig liegenblieb. Sie riecht ein bisschen, dachte Barbara. Ein bisschen anders als ich dachte, dass sie riechen würde, präzisierte sie dann ihre eigenen Gedanken und konnte nicht verhindern, dass sie schon wieder Lust bekam.

Beinahe wären sie zu spät zum Frühstück gekommen, aber das Hotelpersonal zeigte sich nachsichtig gegenüber den beiden, auch über die Tatsache, dass sich Mareike jetzt erst nachträglich auf Barbaras Zimmer mitanmeldete.

Verliebt und hungrig saßen sie sich beim Frühstück gegenüber. „Was wollen wir heute machen?", fragte Mareike, legte eine Scheibe Käse auf ihr Brötchen, nahm es vertikal zwischen Daumen, Zeige- und Mittelfinger und biss davon ab.

Barbara konnte es nicht fassen. „Sorry, Liebes", rügte sie, „aber in Sachen Tischmanieren würdest du keinen Preis bekommen. Schau, man nimmt das Brötchen so …" Sie demonstrierte es, in dem sie eine Brötchenhälfte quer zwischen Daumen und Zeigefinger nahm.

Mareike wurde rot. Natürlich, das wusste sie doch auch. Wann hatten sich die schlechten Tischmanieren bei ihr eingeschlichen? Das kommt davon, wenn man so lange mit jemandem zusammenlebt. Man achtet nicht mehr auf diese Kleinigkeiten. „Entschuldige", sagte sie und nahm das Brötchen ordnungsgemäß.

Ich benehme mich völlig daneben, stellte Barbara fest, sagte aber nichts mehr dazu. „Was wir machen wollen?", griff sie den Faden von vorhin auf. „Was ist denn im Angebot?"

„Wir könnten beispielsweise an den Rhein fahren", schlug Mareike vor.

„Na, zuhause habe ich eigentlich Rhein genug", verwarf Barbara die Idee.

„Natürlich", antwortete Mareike beflissen, „wir können auch Deutschlands älteste Standseilbahn fahren. Sie bringt uns auf den Turmberg, dort sieht man über die ganze Stadt, kann schön spazieren und danach essen gehen. Wir können auch zum Schloss. Es ist der Mittelpunkt der Stadt und …"

„Turmberg klingt gut", sagte Barbara und nickte Mareike aufmunternd zu.

Sie fuhren mit Mareikes Wagen an den Fuß des Turmbergs und stiegen dann auf die Seilbahn um. Sie knarrte laut und vernehmlich, während sie ihre Gäste in die Höhe brachte. „Ein wenig mulmig kann einem dabei schon werden", sagte Mareike, aber Barbara legte ihren Arm um sie und meinte: „Du hast ja jetzt mich. Ich beschütze dich!"

„Wie, auch vor Turmbergbahn-Abstürzen?", lachte Mareike fröhlich auf, ein wenig zu laut, wie Barbara fand.

Auf der Aussichtsplattform des Turmbergs sahen die Frauen bis weit nach Frankreich. Oder sie bildeten es sich zumindest ein. Immerhin war die Sicht klar und das Wetter angenehm. Die beiden setzten sich auf eine Bank und genossen eine Weile schweigend die Aussicht.

„Warum bist du eigentlich zurück nach Gaggenau gezogen?", fragte Barbara und fügte ein charmantes „Wo du mir doch schon so nah warst?" hinzu.

„Ach", antwortete Mareike und dachte nach. „Mein Vater starb, als ich zweiundzwanzig war und danach gab es keinen Grund mehr für meine Mutter, in Köln zu bleiben. Sie ist mit dieser Stadt nie warm geworden und hatte noch Geschwister und Freunde hier. Also wollte sie wieder in ihre Heimat. Mir war damals so ziemlich alles egal, Tonya hatte gerade mit mir Schluss gemacht …"

„Wer war Tonya?", fragte Barbara stirnrunzelnd und überlegte, ob sie eine Tonya kannte.

„Meine erste große Liebe", antwortete Mareike fast ein wenig kokett. „Ich habe sie im Valentino kennengelernt. Sie kam aus Düsseldorf."

„Wart ihr lange zusammen?"

„Fast zwei Jahre", antwortete Mareike und schob eine blonde Haarsträhne hinter ihr rechtes Ohr. „Dann hat sie eine pummelige Italienerin kennengelernt und ist mit ihr nach Ancona ausgewandert."

„Oh, das tut mir leid für dich", meinte Barbara und legte ihren Arm um Mareike. „Das hat dich bestimmt sehr getroffen."

„Ja, vor allem, weil es so schnell und so ohne Vorwarnung kam. Wir hatten uns gut verstanden, Tonya und ich, aber das mit der Italienerin war jetzt plötzlich die große Liebe und so, das brach mir das Herz."

Ziemlich kitschige Formulierung, fand Barbara, fragte dann aber nach: „Und dann bist du einfach mit deiner Mutter zurück nach Gaggenau gezogen."

Mareike nickte.

„Lebt sie noch?"

„Wer, meine Mutter oder Tonya?"

Barbara lachte. „Deine Mutter."

Mareike schüttelte den Kopf.

„Und hast du von Tonya noch einmal etwas gehört?"

Erneutes Kopfschütteln.

„Wie ging es dann weiter in deinem Leben?", fragte Barbara.

„Ich fand eine Anstellung in einem großen Ingenieurbüro", erzählte Mareike und versuchte erneut, eine Haarsträhne hinter ihr rechtes Ohr zu klemmen. „Dort lernte ich Katrin kennen. Das war's."

„Wie, du warst bis jetzt nur mit zwei Frauen zusammen?", hakte Barbara ungläubig nach. Sie ist eigentlich völlig unerfahren, dachte sie gleichzeitig, aber dann erinnerte sie sich an die gemeinsame Nacht und dachte ganz das Gegenteil.

„Du bist die dritte!", sagte Mareike und sah Barbara fröhlich von der Seite an.

„Aller guten Dinge sind drei!", fasste Barbara zusammen. „Komm, das sollten wir feiern!"

Auf Mareikes Vorschlag hin fuhren sie nicht mit der Seilbahn hinunter, sondern nahmen die Hexenstäffele, alte, kleine Freitreppen, die bis hinunter zum Auto führten. Völlig erhitzt kamen sie unten an und lagen sich lachend in den Armen.

Im Hotel hängten sie das „Bitte nicht stören"-Schild an die Tür und erweiterten erneut Mareikes Erfahrungsschatz. Danach war es an der Zeit für ein frühes Abendessen. Beide Frauen waren völlig ausgehungert.

„Ich würde gerne in das ‚Karlovski' gehen, das ist mir empfohlen worden", sagte Barbara.

„Lieber nicht", verwarf Mareike die Idee, „das gehört einer Frau namens Brunhilde. Man nennt sie auch ‚die Oberärztin'."

„Ja, deshalb will ich da ja auch hin", sagte Barbara. „Kennst du sie?"

„Ja, Katrin ist mit ihr befreundet. Wir erwarten sie Montagabend zum Essen, also ist sie vermutlich in der Nähe. Ich möchte eigentlich nicht, dass man uns zusammen sieht. Woher kennst du sie?"

„Sie stammt aus Troisdorf und ich habe sie schon kennengelernt, als ich noch im George Sand arbeitete. Sie hat mir mit ihrem Spielzeugkoffer die schönsten Frauen ausgespannt."

Mareike lachte. „Zu uns kommt sie jedenfalls immer ohne Koffer, aber dafür meist mit völlig schwachsinnigen Mitbringseln."

Du musst grad was sagen, dachte Barbara, Bio-Honig, aber dann fing sie sich wieder und lächelte: „Also gehen wir in ein anderes Restaurant. Schlag du eins vor!"

Sie einigten sich auf einen Italiener und Mareike freute sich sichtlich, als sie eine riesige Schüssel Spaghetti vor sich hatte. Barbara hatte sich eine

Pizza und für sie beide eine Flasche Lambrusco bestellt. Mareike hatte kaum ein Glas davon getrunken, als ihr schon die Röte ins Gesicht stieg und sie zu kichern begann.

„Du siehst jetzt gerade so aus wie Olympe de Gouges", sagte Barbara und deutete mit einem Stück Pizza nach ihr.

„Wie wer?", fragte Mareike zurück, während sie eine mit viel zu vielen Spaghetti umwickelte Gabel zum Mund führte, das Essmanöver aber abbrechen musste, weil ihr Mund zu klein für diese Portion war.

Diese Tischmanieren! Und keine Ahnung von Frauenrecht! Barbara wäre am liebsten aufgestanden und hätte Mareike vor ihren Spaghetti sitzen lassen. „Das war die Verfasserin der ‚Erklärung der Rechte der Frau und Bürgerin', eine erste Frauenrechtlerin, Ende des 18. Jahrhunderts", erklärte sie stattdessen mit zusammengebissenen Zähnen. „Das bedeutet 1790 oder so."

Mareike sah überrascht auf. Sie hatte den belehrenden und überheblichen Unterton sehr wohl gehört. Langsam strich sie sich eine Haarsträhne aus der Stirn und versuchte, sie hinter ihr rechtes Ohr zu klemmen.

„Immer, wenn du nervös wirst, machst du das", sagte Barbara.

„Mache ich was?"

„Deine Haarsträhne zurückstreichen."

„Ja, und?" Mareike sah Barbara herausfordernd an. Sie hatte mehrmals so etwas wie Missbilligung bei Barbara gespürt und es hatte sie verunsichert, aber weil es so gar nicht zu Barbaras sonstigem Verhalten passte, hatte Mareike diese Gefühle beiseitegeschoben und gedacht, sie täusche sich. Jetzt aber wollte sie es genau wissen.

„Ich sage es ja nur", wich Barbara aus.

„Nein, du willst mir etwas anderes sagen", stellte Mareike fest und ließ Löffel und Gabel fallen, während sie Barbara unverwandt ansah.

„Nun, ich bin überrascht, dass du ..., dass du so unpolitisch bist", stotterte Barbara.

„Ich habe schon als junge Frau für die Abschaffung des Paragraphen 218 demonstriert und singe in einem Lesbenchor. Genauer gesagt bin ich dort sogar im Vorstand. Ist das politisch genug?", fragte Mareike.

„Naja, eigentlich schon, aber dafür gibt es noch kein Diplom in Lesbenkunde", versuchte Barbara zu scherzen, aber es war zu spät, der Abend war verdorben.

Als sie auf dem Weg zurück ins Hotel waren, wagte Barbara nicht, Mareike zu fragen, ob sie auch diese Nacht bei ihr bleiben dürfe. Wieso benehme ich mich immer komplett daneben, wenn es darauf ankommt, fragte sie sich. Ich bin ein grober, unbeholfener Klotz, wenn es um Beziehungen geht, aber zuhause, in meiner Werkstatt, bin ich die große Künstlerin mit den einfühlsamen, filigranen Zeichnungen! Hier ist meine Traumfrau, sie läuft neben mir und was mache ich? Balle die Fäuste in meinen Hosentaschen wie Samuel Weiss als Hamlet.

Mareike war sich völlig unschlüssig darüber, was sie jetzt tun sollte. Gehen oder bleiben? Es waren nur noch ein paar Meter zum Hotel und zur Bahnhofstiefgarage. Sie musste sich entscheiden. Vor dem Tiefgarageneingang blieb sie stehen und sah Barbara an. „Ich …"

„Bitte geh' nicht", kam Barbara ihr zuvor. „Ich weiß, ich bin manchmal ein Arschloch, es tut mir leid. Ich weiß auch nicht, was in mich gefahren ist, eigentlich ist es ja auch nicht wichtig, ob du dich in Sachen Frauenrecht auskennst oder nicht, du hast ja auch die meiste Zeit hier eher ländlich gelebt, in Köln bekommt man so etwas sicher eher mit …"

„Du meinst also, ich bin eine kleine Landpomeranze, weil ich nicht die Inhalte aller Weltfrauenkonferenzen auswendig hersagen kann und nur einen Abschluss in Finanzbuchhaltung vorweisen kann statt eines abgeschlossenen Kunststudiums", erhitzte sich Mareike.

„Nein, da hast du mich ganz falsch verstanden, es macht mir doch gar nichts aus, dass du nicht studiert hast …"

Mareike drehte sich um und ließ Barbara stehen. Festen Schrittes ging sie auf die Schranke der Tiefgarage zu.

Barbara blieb noch einen Moment wie ein begossener Pudel stehen. Dann rannte sie Mareike hinterher, zog sie am Arm und sagte: „Es tut mir leid, das ist mir nur so rausgerutscht, ach, ich weiß auch nicht, warum ich das gesagt habe. Ich meine das alles gar nicht so, ich bin nur, es ist so …"

Mareike riss ihren Arm los. „Du bist echt ein Arschloch!", zischte sie. „Was willst du denn von mir? Mich demontieren? Bist du deshalb hierhergekommen?"

„Nein, ich bin gekommen, um … dich …", Barbara schluckte. Zu lieben, wollte sie sagen, aber sie bekam es einfach nicht heraus. Stattdessen breitete sie die Arme aus und umschloss Mareike in einer einzigen, großen Umarmung und vergrub ihre Nase in ihrem Haar. Es roch noch ein wenig nach Hitze, Schweiß und Sex und sofort spürte sie abermals die Lust auf diese Frau, die sie einerseits schon so gut und andererseits noch gar nicht kannte. „Bitte komm wieder mit ins Hotel. Lass uns wenigstens noch ein Glas miteinander trinken, etwas reden und du hast ja auch noch Sachen von dir im Zimmer …"

Mareike war nicht ganz überzeugt, ging aber mit. Ich bin nicht, was sie suchte, ich bin nicht, wer sie dachte, dass ich bin. Sie sucht das Haar in der Suppe. Da findet sich wohl immer etwas. Aber sie begehrt mich und wenn sie lacht, ist sie umwerfend. Vielleicht war das auch alles ein bisschen viel Nähe auf einmal für eine Frau, die seit Jahren Single ist, dachte Mareike weiter, sie ist Nähe wohl nicht mehr gewohnt. Mareike war so damit beschäftigt, sich über Barbara Gedanken zu machen, dass sie darüber vergaß, sich zu fragen, was eigentlich aus ihrem großen Abenteuer geworden war.

Sie nahmen noch einen Absacker an der Bar, lachten miteinander und Barbara schaffte es, Mareike versöhnlich zu stimmen. Sie ließ sich überreden, noch diese Nacht zu bleiben. Barbara übernahm wieder die Führung, liebte sie vorsichtig und aufmerksam. Mareike genoss jeden Moment, blieb aber gehemmt und unzugänglich. Die Lust war da, aber die Leichtigkeit und die ersten Anflüge von Verliebtheit fehlten. Der Zauber des Vortags war vorbei.

Am nächsten Morgen checkten sie aus, besuchten das Karlsruher Schloss, chillten noch etwas im Schlosspark, liefen durch die Stadt in den Tierpark und von dort aus zurück auf den Bahnhof. Mareike brachte Barbara zum Zug, aber zum Abschied winkte sie ihr nicht.

E P I L O G

„Sie hat also mit dir Schluss gemacht", stellt Alex sachlich fest.

Ich nicke. „Ja. Sie hat noch zwei-, dreimal mit mir telefoniert, aber immer nur kurz, und da konnte ich das Ruder nicht mehr herumreißen." Eine Träne entwischt meinem linken Auge und läuft mir die Wange hinunter.

„Arme Barbara", sagt Alex, dieses Mal voller Mitgefühl. „Dabei hast du dich nie wirklich für eine andere erwärmen können."

„Diese Liebe hat mir mein ganzes Leben versaut", behaupte ich jetzt, aber meine Stimme klingt nicht sehr überzeugend. Das höre ich sogar selbst.

„Du hast sie doch gar nicht geliebt", sagt Alex mild, aber eindringlich. „Du hast nicht Mareike geliebt, denn du kanntest sie ja gar nicht. Du hast nur das Bild von ihr geliebt, das du dir von ihr im Laufe der Jahre gemacht hast."

Ich sage nichts, denn das weiß ich mittlerweile alles selbst.

„Deshalb warst du so wählerisch", fährt Alex fort. „Du hast alle Frauen mit deinem Ideal verglichen, aber sie konnten es nicht erreichen. Noch nicht einmal dein Ideal konnte das!" Jetzt lacht Alex auf als hätte sie einen Witz gemacht.

„Dabei hatte ich immer nur diese eine Frau vor Augen", sage ich, aber ich sehe ein, dass ich mich mein ganzes Leben lang selbst getäuscht habe. „Ich wollte diese Frau, obwohl ich sie gar nicht kannte und als ich sie dann endlich kennenlernen durfte, war ich enttäuscht."

„Wie gut, dass sie selbst so klug war, das Ganze zu beenden. Sonst würde sie jetzt auch weinen", meint Alex.

Ich kann nichts mehr erwidern, denn nun heule ich wirklich. Es ist mir peinlich, aber ich kann einfach nicht aufhören.

„Lass es laufen", tröstet mich Alex. „Und sei nicht so streng mit dir. Träumen wir nicht alle irgendwie von der Taube auf dem Dach?"

„Von der Taube auf dem Dach?" Ich kann nicht fassen, dass Alex das gesagt hat. „Ich träume doch nicht von der Taube auf dem Dach! Ich träume von einer Frau ‚bis dass der Tod uns scheidet' und ich hätte vielleicht auch gerne ein, zwei Kinder gehabt!"

„Mimimi", sagt Alex. „Rede doch nicht so einen Unsinn. Wenn wir eine Frau und eine Familie hätten haben wollen, hätten wir längst eine."

ENDE

DANKSAGUNG

Mein allerherzlichster Dank geht erst einmal generell an alle Frauen, die mich in diesem Leben beflügelt, inspiriert, ermutigt und unterstützt haben. Ganz besonders danke ich natürlich denen, die – wissentlich oder unwissentlich - Ideen für dieses Buch beigesteuert haben.

Ein ganz besonderer Dank geht an meine Freundin Sabine, die mich vor mehreren Fettnäpfchen bewahrte und die sich zudem als Alex-Projektionsfläche zur Verfügung stellte: kurvig, cool, klug und sexy.

Danke an Bea, die für mich unermüdlich tanzende Frauen zeichnete, bis ich zufrieden war.

Danke auch an Gabrielle, Sabine und Bea für das erste Testlesen. Insbesondere Bea hat sich hier beim Aufspüren von Logiklöchern verdient gemacht. Wir haben hoffentlich alle beseitigt.

Wenn Sie über meine Bücher immer auf dem Laufenden sein möchten, können Sie mir auf diesen Seiten folgen:

https://buchdeals.de/autor/brigittevanhattem

https://www.facebook.com/brigitte.vanhattem

https://www.instagram.com/brigittevanhattem/

Sie können sich jedoch auch für meinen kostenlosen „Newsletter mit Goodies" eintragen lassen. Schreiben Sie dazu einfach eine formlose E-Mail an newsletter@vanhattem.de und Sie erhalten dann etwa alle zwei Monate die neuesten Informationen mit Lesungs- und Vortrags-Terminen, exklusiven Leseproben und Gewinnspielen.

Juli 2019

Brigitte van Hattem (alias Les B.)

IMPRESSUM

© Brigitte van Hattem (alias Les B.) 2019 im vHV Verlag Kandel (www.vhVerlag.de).

Autorin Les B. lebt in Köln, wo sie Frauen zeichnet und lustige Geschichten über sie erzählt. Selbstverständlich sind sie und ihre Geschichten frei erfunden …

Brigitte van Hattem ist Medizinjournalistin und lebt in der Nähe von Karlsruhe. Dort sitzt sie, schreibt Frauen- und andere Geschichten und freut sich über jedes Like und jede sachliche oder gar freundliche Bewertung.

BIBLIOGRAFIE

Weitere Bücher von Brigitte van Hattem (Stand Mai 2022):

- Schabrackenblues. Ein heiterer Frauenroman mit der Frage: Gibt es ein Leben nach den Wechseljahren? ISBN 978-3-750480667 (siehe Leseprobe im Anhang)

- Amors Pfeil traf eine Katze. Liebesgeschichten. ISBN 978-3755711919

- Das Glück ist ein dämliches Grinsen. Kurzgeschichten und Miniaturen, ISBN 978-3-9820496-4-9

- Tatsächlich … wie Weihnachten. Liebesgeschichten zum Fest, BoD, ISBN 978-3751978651

- Lebenslänglich. Kriminelle Kurzgeschichten, Taschenbuch: 134 Seiten, BoD, 01. März 2021, ISBN: 9783-753408866

- Ein Versehen mit Todesfolge. Reality by Brigitte van Hattem. Kurzgeschichten aufgrund wahrer Todesfälle. ISBN 978-3-9820496-3-2

- Verschieden! Kurzgeschichten. Tödlich. Inspired by life. Kurzgeschichten aufgrund wahrer Todesfälle. ISBN 978-3-9820496-1-8

- Quito und die Galapagosinseln 2020. Ein Reisebericht mit zahlreichen Abbildungen. ISBN-13: 979-8627165837

- Schwester Leonie. Arztroman, ISBN 978-1980896845

- Bello wird blind. Retinadegeneration und andere Augenerkrankungen beim Hund. ISBN 978-3-9820496-0-1

… sowie verschiedene medizinische Fachbücher in Zusammenarbeit mit Fachärzten.

LESEPROBE:
SCHABRACKENBLUES

Ein heiterer Frauenroman
von Brigitte van Hattem

Dr. Google warf mehrere Adressen aus und alle genannten Ärzte waren Fachärzte für plastische und ästhetische Chirurgie. Ich hatte die Qual der Wahl und entschied mich für einen, der seine Praxis in der Nähe der Schule hat, in der ich arbeite.

Das Wartezimmer der Praxis war so unglaublich luxuriös eingerichtet, dass ich mich sofort unbehaglich fühlte. Da wartete eine alte, verwelkte Schabracke in einem aufpolierten Neo-Barock-Sofa. Sehr passend. Sphärische Klänge ärgerten meine Ohren. Meeresrauschen aktivierte meine Blasenfunktion. Wenn ich hier noch eine Weile hätte warten müssen, wäre das schief gegangen. Musik, die mich beruhigen soll, regt mich tierisch auf.

Doch dann kam schon der große Meister und bat mich in seinen Behandlungsraum. Er roch nach Zigaretten und ich fragte mich sofort, ob sich sein Nikotinabusus wohl auf meine Wundheilung auswirken könnte. Dann schob ich den Gedanken beiseite und erzählte ihm, dass und warum ich mir nicht mehr gefalle.

"Ich habe aber nicht den Eindruck, dass es damit getan ist, dass man mir die Haut nach oben zieht", erklärte ich meinem aufmerksamen Gegenüber und demonstrierte es gleich, indem ich mir mit meinen beiden Händen ins Gesicht fasste und meine Hängebäckchen gleichzeitig sowohl nach oben als auch nach außen zog. Ich hatte das zuhause vor dem Spiegel geübt.

"Ja, das bringt nicht viel", bestätigte mir der Chirurg. "Das liegt aber daran, dass man hier an der falschen Stelle ansetzen würde. Schauen Sie einmal." Schwuppdiwupp hatte er eine Fernbedienung in der Hand und zielte mit ihr auf die Wand rechts neben ihm, wo ein Plasmabildschirm hing. Während der Arzt die richtigen Bilder suchte, hatte ich Zeit und Gelegenheit, ihn mir ausgiebig zu betrachten.

Er war schätzungsweise Ende Dreißig, höchstens Anfang Vierzig und sah mir persönlich ein wenig zu gut aus. Ich hatte schon vor dreißig Jahren Mühe gehabt, mir die Aufmerksamkeit von so extrem gutaussehenden Männern zu sichern, daher war ein wenig Skepsis sicher angebracht.

Doc Beauty hatte mittlerweile gefunden, was er mir zeigen wollte. Es waren Vorher-Nachher-Fotos einer Frau meines Alters, der er den Bereich um die Wangenknochen aufgepolstert hatte.

Schlagartig hatte Doc Beauty meine Aufmerksamkeit. Die Frau sah auf dem Nachher-Foto wirklich und erkennbar besser aus und das, obwohl sie immer noch eine schwammige Kinnlinie und

Hängebäckchen hatte. Doc Beauty zeigte mir noch zwei weitere Beispiele und erklärte, dass mit dem Alter das Mittelgesicht abflacht und nach unten rutscht. Aber genau dieser Bereich, der vom seitlichen äußeren Augenwinkel bogenförmig nach innen und unten bis zum seitlichen Nasenflügel verläuft, springe dem Betrachter förmlich ins Auge. Eine Auffüllung mit Eigenfett oder einem künstlich hergestellten Füllstoff bewirke daher eine Verbesserung des Aussehens um fünf bis zehn Jahre, auch wenn sich sonst am Gesicht nicht viel getan hat. Ich war beeindruckt.

Wenn mich aber meine Kinnlinie darüber hinaus stören würde, würde mir Doc Beauty zu einem sogenannten MACS Lifting raten, bei dem Fäden die untere Wangenregion nach oben in Richtung Ohr ziehen. Auch hierfür hatte der Doc einen Fotobeweis. Er rief die Vorher- und Nachher-Fotos einer etwa Sechzigjährigen auf und zeigte mir, was er bei ihr alles operiert hatte: MACS, Augen- mit Augenbrauenlifting und Mittelgesichtsfüllung. Die Frau sah jetzt tatsächlich gut aus, obwohl ihre weit aufgerissenen Augen auf dem Nachher-Foto ein wenig angsterfüllt wirkten. Es sei sehr schwierig gewesen, diesen Eingriff durchzuführen, plauderte der Doc aus dem Nähkästchen. Die Frau hätte bereits woanders Voroperationen durchführen lassen und er hätte durch dickes Narbengewebe schneiden müssen. Dabei sei leider auch der Worst Case passiert.

Das war ihm vermutlich nur so herausgerutscht, aber bei mir schrillten plötzlich alle Alarmglocken. "Worst Case?", fragte ich irritiert. Ich unterrichte technisches Englisch, mir war also klar, dass es sich hierbei um den schlimmsten anzunehmenden (Un-)Fall handelte, den Super-Gau. "Was ist denn bei dieser Operation der Worst Case?"

"Nun, die Schließfähigkeit ihres rechten Auges ging verloren", antwortete Doc Beauty, in einem Tonfall, als spräche er über eine lästige kleine Hautirritation.

"Sie kann es nicht mehr aufmachen?", fragte ich zurück.

"Sie kann es nicht mehr zu machen", korrigierte er mich.

Es dauerte ein paar Sekunden, bis sich diese Information in meine sämtlichen relevanten Hirnregionen verteilte.

"Sie kann es nicht mehr zu machen?!?", wiederholte ich ihn. "Ist das reversibel?"

Der Doc schüttelte bedauernd den Kopf.

"Aber man muss seine Augen ab und zu zumachen, sonst trocknen sie aus", stammelte ich.

"Nun ja, sie kann es manuell zu machen", erklärte er mir. "Mit der Hand."

Ich starrte auf die Vorher-Nachher-Fotos seiner bedauernswerten Patientin und stellte mir vor, wie sie abends ins Bett ging und sich mit der Hand ihr Auge zuklappte. Und wie sie morgens ihr Lid wieder zurückschob. Und zwischendurch manuell blinzelte.

"Aber sie sieht gut aus", gab ich zögerlich zu, weil mir sonst nichts Vernünftiges mehr einfiel.

"Ja, aber wie es nun mal so ist", seufzte Doc Beauty und wand sich ein wenig in seinem Chefsessel, "fokussiert sich die Patientin natürlich nur auf das, was schief gelaufen ist. Da muss man als Arzt ganz schön Kindermädchen spielen!"

Jetzt war ich endgültig sprachlos. Natürlich müssen Schönheitspraxen wirtschaftlich arbeitende Unternehmen sein, und natürlich führen sie mit ihren Patienten Verkaufsgespräche. Sie müssen auf die Möglichkeit eines Worst-Case aufmerksam machen, aber sie sollten auch Mitgefühl zeigen. Ich stand auf und verabschiedete mich von Doc Beauty, ich wolle es mir noch einmal überlegen.

Die Dame an der Anmeldung reichte mir einen Kostenvoranschlag zum Abschied: Volumen-aufbau Mittelgesicht und Nasolabialfalten mit Füllstoff, drei bis vier Ampullen á 450 Euro, alternativ Volumenaufbau mit Eigenfett, 1. Sitzung 3.500, jede Folgesitzung 2.000 Euro.

Als ich in den Wagen stieg und nach Hause fuhr, kam Trotz in mir auf. Hormonelle Imbalancen, wie sie bei einer postmenopausalen Frau durchaus normal sind, haben bekanntermaßen oft weitreichende Folgen: Übergewicht, Burnout, Depressionen, Hautprobleme, Infektanfälligkeit, Libidoverlust, Schlafstörungen, später noch Osteoporose und Scheidenatrophie - es gab also genug Fronten, an denen ich noch zu kämpfen hatte. Was machte es da schon, dass mein Mittelgesicht nach unten gerutscht war?

Das Buch „Schabrackenblues: Ein heiterer Frauenroman" ist unter der ISBN 978-3750480667 überall erhältlich, wo es Bücher gibt.